Never

forget,

and

you'll

never

know.

就算從未
忘記

——

但 你 永 遠 也 不 會 知 道

——

Never

forget,

and

you'll

著

never

know.　　　Middle

目錄・CONTENTS

Never

forget,

and

you'll

never

know.

01

醞 釀

總有些人，會陪你走一段路，

然後，以後，會成為你忘不了的誰。

四月三日晚上，紅磡體育館。

世杰坐在綠色 68 段，子瑜坐在黃色 71 段。

不同段數，但剛巧相連著的兩個座位。

不再親密，但一同看演唱會的兩個人。

• • •

「為什麼會找我來看陳奕迅的演唱會？」

演唱會開演前，子瑜在晚飯時忍不住問世杰。

從他這天突然打電話來邀約看演唱會，她足足忍了六個小時沒問。

「因為，Helen 突然有急事，她今晚沒有時間。」

世杰這樣解釋，簡單地。

子瑜知道 Helen 是他的女朋友，雖然她從來沒有見過 Helen。

「那，Helen 知道你找我代替她嗎？」

她再問，心裡有點緊張。

但那刻他正忙著喝湯，只有微微點頭當作回答。

於是，她沒有再問更多。

• • •

「為什麼你跟別的女生上街，現在才肯告訴我？」

曾幾何時，這句話經常掛在子瑜的嘴邊。

「早些知道跟遲些知道，最後你還不是知道了嗎？」

而每一次，世杰都會不耐煩地給出各種回應。

「難道你不能事先通知我，讓我安心一點嗎？」

這也是她最常問他的問題。

「小姐，事先通知你的話，似乎只會令你更不安心啊。」

或許他所說的是實情，但她覺得，他其實是有心迴避回答，或是不願意正視彼此之間的問題。

她天性欠缺安全感，他處事太優柔寡斷。曾幾何時，兩個人會經常因為這些原因而爭吵不斷。

曾幾何時，是他們還是男女朋友的時候。

Never forget,
and you'll
never know.

● ● ●

「給你。」

演唱會尚未開始，世杰忽然從背包拿出了一瓶檸檬綠茶給子瑜。

「你什麼時候買的？」

她好奇地問，因為進場前兩人一直一起，她沒見到他有去其他地方買飲料。

「是我這天出來之前，事先準備好的。」

他回說，又從背包取出一瓶烏龍茶。

「還是喜歡喝烏龍茶？」

她禁不住失笑一下，她一向不明白這種苦茶有什麼好喝。

「清熱嘛。」他笑著解釋，又說：「而且喝了這麼多年，都習慣了。」

會習慣嗎？子瑜低頭看一下自己手上的檸檬綠茶。

那是跟他在一起的時候，自己曾經最喜歡喝的飲料。

· · ·

「吶，綠茶。」

雖然戲院內光線昏暗，但子瑜的臉上還是感到瓶子冰涼的觸感。

「謝謝。」

她用手接過瓶子，扭開蓋子喝一口，皺眉了。

「我要檸檬綠茶啊！」

世杰聽到她的不滿聲，只是電影已在播映，他不想自己的談話聲影響到其他觀眾，所以沒有回話。

「為什麼你總是記不得這些？」

但子瑜沒察覺也不明瞭，忍不住繼續咕噥下去。

結果電影散場後，他沒有再跟她說話。

· · ·

比原本預定的開場時間延遲了半小時，演唱會終於開始。

陳奕迅現身於舞台中央，場內響起觀眾熱烈的歡呼聲。

當中也包括子瑜他們的喊叫聲。

子瑜和世杰，都很喜歡陳奕迅這一位歌手。

最初認識的時候，陳奕迅所推出的最新專輯與經典歌曲，曾是他們最熱衷的話題。

相約去卡拉 OK，又會爭著唱陳奕迅最熱門的 K 歌。

例如〈Shall We Talk〉，又例如此刻陳奕迅在演唱的，〈明年今日〉。

「明年今日　別要再失眠　床褥都改變　如果有幸會面或在同伴新婚的盛宴　惶惑地等待你出現……」

曾經子瑜以為，自己真的會如同歌詞所說，要在某個朋友的婚宴裡，才能再遇見世杰這個人。

想到這裡，她忍不住看著身邊的他。

碰巧，他也在同一時間，看著自己。

然後，兩人都笑了起來。

然後，她心裡有點恍然。

Never forget,
and you'll
never know.

· · ·

「以後我們不要再見面了。」

「為什麼？」

「……不為什麼。」

「不見面，那以後我們算是什麼？」

「……你是我的朋友，依然會是。只是……見面並不是必要的事。」

「你這麼不想見到我嗎？」

「……不是你的問題。」

「那……你能給我一個可以讓我心息的解釋嗎？」

「……對不起。」

聽到他這樣回答，她心碎了。

之後，她就應他的要求，沒有再出現在他的面前。

那時候她真的不明白，為什麼他可以絕情如此。

曾經親密的兩個人，為什麼會變得不再在乎。

昨天還說最想見到自己，為什麼會從此變得疏遠。

為什麼，可以如此輕易放開，已經牽了三年的手……

為什麼，過了不久之後，會有另外一個人，取代了自己的位置……

這些為什麼，之後困擾了她無數個夜深與清晨。

就算多少年後，彼此在一些聚會中碰面了，她終於可以裝作如常地，向他問好、聊一下彼此的近況。

就算，她後來終於也遇到了另一個，可以相守的人……

但是她始終都不能明白，始終都無法真正釋懷。

• • •

「我喜歡這首歌。」

忽然世杰對她笑說，陳奕迅正唱著一首叫〈葡萄成熟時〉的歌。

但見旁人談情何引誘

問到何時葡萄先熟透

你要靜候再靜候

就算失收始終要守

日後儘量別教今天的淚白流

留低擊傷你的石頭從錯誤裡吸收

也許豐收月份尚未到你也得接受

或者要到你將愛釀成醇酒

時機先至熟透

過往，子瑜其實不太明白這首歌的真正意思。

　　但如今，在這奇妙的環境裡，坐在他的身旁，聽著陳奕迅努力演繹這一首歌。

　　她忽然對自己過去的那些執著，有點感悟。

　　眼淚，並非白流，心痛，並沒白費。

　　那些淚與痛，始終會被時間醞釀轉化成另一點智慧，成就自己的未來。

　　然後這一天，他終於不會再避開自己，甚至還會主動邀約自己。

　　沒有半點曖昧尷尬，就彷彿是一對認識已久的老朋友，再次肩並著肩，一同細聽陳奕迅的這一首歌。

　　即使那些謎題，仍是沒有得到真正的答案。

　　即使彼此已經不再是，對方生命裡所不能缺少的另一半。

• • •

　　演唱會結束後，世杰主動提出要送子瑜回家。

　　她沒有拒絕，因為他們的住處，本來就相距不遠。而且她知道這只是一種男士的風度，自己實在沒必要去亂想太多。

　　「謝謝你這晚請我看演唱會。」

　　臨別前，她笑著向他道謝。

「是我謝謝你臨時抽時間陪我看演唱會才對。」

他也笑著回說，她知道那是他的客套。

「對了。」她停下了腳步，轉身問他：「你還沒回答我的問題。」

「問題？」

「為什麼，」說到這裡，子瑜吸了一口氣，心裡有一刻想過不如不要再問，但最後還是鼓起勇氣，繼續說下去：「為什麼你會找我來看演唱會？」

之前世杰回答，因為他的女朋友這夜突然有急事、沒有時間，他不想浪費了門票，所以才會邀請子瑜。

但這不是子瑜想聽到的解釋。

她知道，他大可以找其他喜歡陳奕迅的朋友去看。

至少不用找她這一位，已經很久沒聯絡的舊朋友。

「為什麼嗎……」

世杰低頭微微笑了一下，過了好一會，才繼續說下去：

「其實沒有什麼原因，只是突然想起你也喜歡陳奕迅，於是就試試找你了。」

這一個依然不是真正的答案，子瑜心裡也清楚知道。

「謝謝你想起我。」

但最後，她只是這樣笑說，沒有再問什麼，然後向他揮揮手，轉身步入大廈的大廳。

Never forget,
and you'll
never know.

・　・　・

「好想親身現場聽陳奕迅唱 Live 呢！」

「難道只有你才想嗎？」

「最衰你又買不到他的演唱會門票。」

「明明是你自己沒有準時去預訂好不好⋯⋯」

「下次如果他再在紅館辦演唱會，你一定要帶我去看喔！」

「如果下次他還會再辦，如果下次你沒有忘記去訂門票，才算吧⋯⋯」

「你說什麼？」

「沒啊，什麼都沒有。」

Never forget,
and you'll
never know.

・　・　・

她知道，過去了的，最後還是應該要讓它過去。

已經過去了這些年，大家身邊也已經另有同行的人。

再執著，再回頭，可能會將這份回憶所醞釀的那一點甜味，都統統消磨殆盡。

不要再胡想太多了，她對自己說。

就讓彼此可以繼續義無反顧地，去追尋真正屬於自己的幸福。

　　　　　· · ·

　　兩天後，子瑜如常地打開 Facebook，想看看朋友們有什麼更新。

　　然後她看見，世杰在動態裡宣布，已經向 Helen 求婚成功，並會在明年四月三日註冊結婚。

　　那則動態的發表時間，是四月四日的凌晨。世杰的朋友都紛紛留言，向他與 Helen 送上祝賀。

　　當下她也好想立即留言，對他說一些恭喜的話。

　　但是不知為何，十指始終未有移動分毫。

　　始終都，移動不了。

017

Never forget,
and you'll
never know.

Never forget,
and you'll
never know.

019

Never forget,
and you'll
never know.

02
/
獨照

後來，我們都沒有忘記那些約定，
也不會再讓對方知道誰還在乎。

這天下午，我在公司如常地檢查電郵信箱，見到你傳了一封電郵給我……

Dear all,
My album had been updated.
https://www.flickr.com/photos/leanne629
Leanne

我有點意外，因為這是你在我們分手後，第一次主動傳我電郵——說得準確一點，應該是第一次的「聯絡」才對。

我看著你的名字，想起，我們有多久沒有見過面？想起，我有多久沒有再想起你的名字……

幾乎都不記得了。

我搖了搖頭，看到身旁的同事都已出外用餐，於是我移動滑鼠點閱那條相簿連結，螢幕立即彈出一個相片檔案頁面，裡面只有一個「Europe Tour」的相簿。

終於去了歐洲旅行嗎？過去你很想到歐洲旅行，總是沒有如願；其實去歐洲的旅費不太昂貴，只是在學生時期來說，還是一筆不小的花費。

我繼續操控滑鼠，看到了不少風景照，法國的里昂、普羅旺斯、阿爾薩斯、巴黎，德國的西南部山林，瑞士的湖光……我

看著看著，覺得你似乎仍是偏愛法國，你所拍攝的照片大部分都是法國的景色，單單巴黎的迪士尼就已佔了相簿的六分之一。

但看著看著，我開始感到一點納悶——為什麼全部都是風景照，難道沒有一點你的獨照嗎？

後來，在我「快速瀏覽」看過兩百多幅風景照後，我才看到你的容貌。你在一座高聳的大教堂門前，留下了身影。可是取鏡太遠，我根本不能看清楚你。

我往下一幅繼續看下去，這次好一點，是在巴黎鐵塔下照的，但是我只看到了鐵塔的耀眼光芒，你的面容仍是無法看得清楚。再看下一張，見到你捧著一條長長的麵包在笑，我看著你的笑臉，覺得你的臉圓了，笑容仍是這樣甜，彷彿跟以前沒有什麼改變。之後我看到你在噴水池前跟小孩戲水、在街頭吃著那大球的冰淇淋、在草原上眺望那在遠處的綿羊、在巴黎迪士尼與米奇合照……

我忽然想，一直以來的照片，都是你自己一個人的，都是你的獨照。你是自己一個人去歐洲吧？然後我又想，為什麼那時跟你旅遊的人，並不是我？我不禁苦笑，卻又突然記起，以前你沒有動身去歐洲旅行，就是因為我不肯伴你同去。這次你終於去了，難道又會是自己獨自去嗎？

我繼續看著螢幕，看著相片，看著你。相片上的你笑得燦爛，在相片內你一直都是焦點，沒有模糊不清，沒有搖擺不定。

相片上就只有你，全部都只有你，但在相片以外，卻是誰在操縱那快門？在相片以外，有著誰跟你一起在歐洲旅行？

終於，我看到第四百零三幅相片，最後一幅相片。

相片裡再沒有你，正中央的位置，就只有兩個背包，是在火車座位上坐著的兩個背包。

在較鮮豔色的背包上，我看到你喜歡的米奇老鼠玩偶；而在較大較暗沉色的背包，則有你喜歡的 Teddy bear 玩偶⋯⋯

我看著這兩個背包，心裡卻不知道是什麼滋味。

Never forget,
and you'll
never know.

03

/

知道

有時對一個人更好，就只是因為不想再次記起，

自己曾經有多卑微。

訪談對象・一
李子宇　25 歲

問：大家都說，你對 Christy 很好很好，你自己覺得是這樣
　　嗎？

李：其實⋯⋯也算不上是很好。

問：不算很好嗎？聽說你為了她，可以不上班去為她排隊
　　買演唱會的門票。有一次她去旅行，你還替她照顧她
　　養的小狗兩星期。

李：這些事情其實不算什麼。只要她開心，就行了。

問：但看上去她不是怎麼開心，常常看到她對你皺眉，感
　　覺上很冷淡。

李：有時候吧（苦笑）。就算她不明白也不要緊。

問：真的不要緊嗎？換作是我，一直被喜歡的人冷淡對待，
　　早就已經放棄了。

李：她有時對我也是不錯的⋯⋯

問：例如呢？

李：她有時也會等我下班，然後兩個人去吃晚飯、一起逛
　　街。有些重要的事情，在她下決定之前，她也會問我
　　意見。以前她都不會這樣。

問：和她逛街的時候，你覺得開心嗎？

李：當然開心。

問：那，你們逛街時會牽手嗎？

李：……不會。

問：就只是像普通朋友般？

李：嗯。

問：為什麼不嘗試主動去牽手呢？

李：感覺上，一牽手，不論成功或失敗，就不能再回頭了。

問：難道你不想牽她的手，或是跟她在一起嗎？

李：……想。

問：那為什麼不去做？

李：大家都知道，她有男朋友的。

問：有男朋友，問題真的這麼大嗎？

李：她仍然喜歡她的男朋友。我們都很清楚。

問：那她知道你喜歡她嗎？

李：應該知道。

問：你有親口跟她說過嗎？

李：沒有。但她應該知道的。

問：是的，即使連旁人如我，也都知道……說起來，你喜
　　歡她已經多久了？

李：快兩年吧。

問：這兩年來，你有想過放棄嗎？

李：有時。

問：為什麼會想放棄？

李：我也不知道該怎麼說……有時她會對我很好很好，會
　　主動來找我、去約會，但都是她跟男朋友感情不好的
　　時候。之後他們和好了，她又會對我冷淡起來，我找
　　她，她就會表現得厭煩。

問：那你不去找她，也可以呀。

李：是的，我也試過叫自己不去找她。只不過，每次到最
　　後，她又會回來找我。

問：然後你又會心軟了？

李：嗯。

問：我想這種情況，這兩年來已經發生過很多次？

李：……是的。

問：所以你才會說，有時想放棄，只可惜你又不能真的做
　　到狠心絕情。

李：我都不知道該怎麼狠心。每次我都提醒自己要抽離一
　　些、冷漠一點，即使她說什麼都好，都不要太過在意，
　　但有時她又會做一些你意料不及的事情，結果又會讓
　　你更加心亂或想得太多。

問：例如呢？

李：有一次我生日，原本她說沒有時間和我慶祝，但是想

不到在午夜十二點的時候，她帶著生日蛋糕，來到我
家樓下等我。

問：你一定很開心吧？

李：是的。

問：之後呢？她特意來為你慶祝啊，你們之後有什麼進展
嗎？

李：我們在公園吃了蛋糕，之後因為她要趕末班車，我就
送她回家了。

問：……為什麼不把握機會？是你的生日啊。

李：那時我沒有想太多。再怎麼說，她還是有男朋友的。

問：話雖如此……但你又不能對這一個有男朋友的人死心。

李：其實已經死心了大半。只要她不會來找我。

問：但你又不會拒絕她來找你。

李：近來每次見面約會，都不太開心，我開始想，她應該
是對我厭倦了吧。

問：是她主動來找你的嗎？

李：一半一半。有時是我找她。

問：若是如此，看情況，她也不是沒有給你機會呀。

李：這些難道就是機會嗎？我不這麼覺得。

問：怎樣也好，為什麼你不嘗試認認真真地去追她一次呢？

李：這樣做好嗎？

問：好不好，試過才知道的。既然你們一直如此拖拉糾纏，
　　浪費了這麼多時間，為什麼你不認真地向她表示你喜
　　歡她，去追她一次呢？

李：她早就知道我喜歡她呀。

問：你認為她知道，是一回事；你有沒有認真地向她表示，
　　是另一回事。你從來沒有認真地去追求這一個人，一
　　直以她有男朋友這一個理由來給自己藉口，去逃避面
　　對，她其實未必能夠真正明白你的心意，而你又會讓
　　自己心存一點僥倖，以為自己沒有完全地付出過、自
　　己不會輸得太難看，同時又暗地裡奢想自己仍有機會、
　　你們還有可能。但其實說到底，你根本就沒有認真地
　　去面對過一次，而時間就這樣一天一天溜走，越拖得
　　長久，反而越難真的死心。

李：……所以我應該去認真追一次？會成功嗎？

問：不一定會成功，也許更可能失敗，但你要認真試一次
　　才知道呀。就算真的失敗了，起碼你也可以不讓自己
　　留下遺憾，好好地死心。

李：或者你說得對。我再想想。

問：希望你能夠勇敢一點。

●　●　●

訪談對象・二

Christy　24 歲

問：你喜歡子宇嗎？

C ：……喜歡。

問：那麼，你的男朋友 Johnny 呢，你還喜歡他嗎？

C ：喜歡。

問：你跟 Johnny 在一起多久了？

C ：快四年了。

問：這麼久了，有打算結婚嗎？

C ：我們是有計畫過。

問：預計是在什麼時候呢？

C ：最快兩年後吧。

問：那子宇知道嗎？

C ：沒有跟他特別提起過。

問：為什麼？

C ：因為……現在也只是暫時預計，但還不是真正的下決
　　定。

問：你是怕他不開心嗎？

C ：有一點。

問：但他平時好像也不怎麼開心。

C ：嗯。

問：你知道他喜歡你嗎？

C ：知道。

問：是從什麼時候開始知道呢？

C ：在認識他不久之後，就已經感覺得到。

問：他有跟你表示過嗎？

C ：沒有。

問：但是你肯定他喜歡你？

C ：最初是不肯定，但後來發生了一些事情，我相信自己
　　的感覺。

問：你覺得他是一個怎樣的人？

C ：他……其實人很好，溫柔，有同情心，也很大方，只
　　是有時缺乏了一點主動。

問：那你男朋友呢？

C ：他，嘿嘿，有時比較粗心，也很大男人，不過在處事
　　上比較成熟，很懂得讓人安心、可以放心去依賴。

問：跟子宇像是兩種不同的人？

C ：也不完全是。他們都對我很好，只是 Johnny 為了工作
　　比較忙，子宇會比較遷就我。

問：你這樣說，彷彿子宇是讓你來填充多餘的時間呢？

C ：不是這樣的。我當他是真正的好朋友。

問：但他也是如此看待你嗎？

C ：⋯⋯我不知道。

問：如果有天他跟你表白，你會接受他嗎？

C ：他不會的⋯⋯我有男朋友。

問：這是另一個問題吧，因為即使你有男朋友，但是也可
　　以再認真選擇應該跟誰一起。問題是，你會接受他嗎？

C ：⋯⋯我沒有想過這個問題。

問：如果你沒有想過接受他、跟他認真發展，那為什麼又
　　會繼續跟他交往、常常找他？

C ：我們⋯⋯那些只不過是朋友間的約會呀。

問：真的是這樣嗎？但是你知道他喜歡你啊。

C ：有時當我覺得他對我太好，我就會少一點找他。

問：為什麼不乾脆讓他不再找你呢？

C ：⋯⋯那不是太絕情嗎？

問：還是你對子宇有一點內疚呢？

C ：⋯⋯我不知道。

問：嗯，那這兩年來，你沒有衝動想過跟他發展嗎？

C ：⋯⋯也許有，也許沒有。

問：他為你做了這麼多，還是你覺得他不夠好？

C ：不是不夠好，但有時候，我們想不想跟另一個人在一
　　起，看的並不是那一個人對自己有多好，而是⋯⋯

問：那一刻自己有沒有為對方義無反顧、豁出去的勇氣與
　　決心？

C：或許是吧。

問：所以，你時常會讓他陪你，其實也是在給他機會？

C：唉，我沒有想得那麼多。

問：因為你也沒想過跟 Johnny 分開？

C：其實 Johnny 對我很好。

問：但如果仔細想清楚，你是真的仍然喜歡 Johnny、喜歡到
　　要跟他成家立室嗎？

C：你的問題有點怪呢。而且在現實裡，心裡最喜歡的人，
　　跟最後成家立室、到老白頭的人，通常也未必是同一
　　個人，不是嗎？

問：最愛的人，通常都在別人身邊嗎？

C：有時就是這樣子。

問：但是你還沒有回答我，其實你還喜不喜歡 Johnny。

C：最初已經回答你了呀。

問：比子宇更喜歡？

C：我想，這問題對我來說，其實已經不重要了。現在，
　　我是 Johnny 的女朋友，這才是最重要的，而子宇就依
　　然是我最好的朋友……你明白嗎？

問：明白。

Never forget.
and you'll
never know.

訪談對象‧三

Johnny　28 歲

問：你知道子宇這個人嗎？

J：知道，他是 Christy 的朋友。

問：你有見過他嗎？

J：見過一次，在 Christy 的生日會上，看上去是個不喜歡
　　說話的人。

問：嗯，大家都說，子宇對 Christy 很好，你知道嗎？

J：知道。

問：會介意嗎？

J：不會呀，有人對自己女朋友好，應該要開心才對。

問：難道你不會有半點吃醋？如果是我，我想早就已經會
　　吃醋了。

J：但我不能阻止 Christy 交朋友呀。

問：如果子宇是喜歡 Christy 呢？

J：我也知道子宇喜歡她，但他們是不會在一起的。有時
　　我實在沒有時間，有了宇在她身邊陪伴，我也會比較
　　安心。

問：你不怕他們日久生情，有機會發展嗎？

J：已經兩年了，他們有發展嗎？

Never forget,
and you'll
never know.

問：似乎你一直都有留心在意呢。

J：因為，她是我的女朋友嘛。我又怎會不留心她的事情？

問：你是認真地想跟她結婚嗎？

J：我們在一起已經四年了，怎麼會不想呢。

問：有打算過嗎？

J：沒有，只是稍微談過，我知道她現在還沒想結婚。

問：為什麼？

J：她覺得還不是時候吧。

問：那會不會是因為子宇的存在，讓你們的關係無法更進一步？

J：真的不是因為子宇的關係。其實有時我也有點羨慕子宇。

問：你羨慕他？

J：嗯，他可以如此簡單純粹地喜歡一個人、去待對方好，其實是一件不容易的事情。

問：我不明白……你是 Christy 的男朋友，你也可以待她好呀。

J：已經在一起時的喜歡，與想跟一個人在一起時的喜歡，是不一樣的。對一個人好也是一樣。你希望對方幸福的心情，與你想守護現在的幸福那份心情，也是有分別的。

問：我想我好像有點明白你想說的。

　J：對了……為什麼你不問我，我怎麼會如此確定知道，
　　她是始終不會跟子宇在一起？

問：……那你為什麼會這樣相信？

　　只是 Johnny 沒有回答，也沒有再作聲，這場訪談最後就只
能如此結束。

　　後來，子宇還是沒有認真去追求 Christy。

　　一年後，Christy 和 Johnny 分開了。過了不久，她跟另一個人
在一起，一年後更攜手步入教堂。

　　子宇後來沒有再跟 Christy 見面或聯絡，也沒有出席她的婚
宴。

　　對了，聽說 Johnny 也認識 Christy 的丈夫。

　　從很早很早以前他就已經知道，她的心裡住著這一個人。

Never forget,
and you'll
never know.

Never forget,
and you'll
never know.

041

Never forget,
and you'll
never know.

04

見一面

有些人再見面，也無法沖淡這份思念，
也無法挽回對方的一點在意。

夜，小慧與家人在外面的餐廳吃過晚飯，剛步入家門，手機忽然收到了仲禮的短訊。

「有空嗎？」

小慧一邊放下皮包，一邊看著這個訊息。心裡想，他很少這麼晚傳訊息給自己，於是她拿著手機回到寢室，按鍵輸入：

「有空。有事嗎？」

想不到，不一會，就收到他的回覆：

「可以出來一會嗎？我想見你」

「你還好嗎？」

「嗯」

小慧看看寢室旁邊的時鐘，已是九點十五分。

剛才她與家人回來的時候，外面開始飄起雨。天文台的預報說，深夜很大機會有雷暴。

她看著窗外，凝立了一會，最後拿起手機回覆仲禮：

「你現在在哪裡呢？」

「我在石硤尾，可以乘地鐵到你家附近的黃埔站」

小慧微微苦笑一下，輸入：

「那你想約什麼時間？」

「十五分鐘後吧？我盡快趕來」

「好」

「待會見 :)」

「待會見 :) 」

傳出這個訊息後，小慧馬上走出寢室，拿起原本已經放在一旁的皮包。

母親看見小慧像是想要出外，忍不住皺眉問：「這麼晚了，還要去什麼地方？」

小慧心裡感到有點抱歉，因為母親向來就是愛操心的個性，總是會擔心她夜歸的時候會遇上危險。小慧走到母親身旁，輕摟著她說：「沒特別的，只是有朋友約了我在附近，我很快就會回來的。」

母親望望窗外，又說：「外面在下雨啊，你真的要出外嗎？」

「放心，我會記得帶雨傘出外。」

「那好吧，你小心一點。」

小慧見母親沒有再反對，馬上穿好鞋子離開家門。走到街上時，飄雨似乎比起之前回家時更頻密了。她打開雨傘，碎步走到附近的巴士站，剛好有一輛巴士到站，於是她連忙收起雨傘，乘上車，在下層的一個座位坐了下來。

按照分區來說，小慧所住的土瓜灣，與仲禮所約的黃埔，都是同在九龍城區。只是由她的家步行到黃埔，至少需要二十多分鐘的路程。仲禮卻是路痴，從來不明白兩地之間實際距離是有多遠，以為兩地都是在九龍城，而黃埔有地鐵站，他懂得

乘地鐵前往，也以為這樣會方便小慧。但其實很多時候，小慧都是乘車前往黃埔，因為不想遲到，也不想自己走得辛苦。

小慧在車廂裡，看著窗外的街景，只見雨下得越來越大，一點也沒有變小的趨勢。等到巴士開到黃埔，天空更打起雷來，她撐開雨傘，走在路上，只感到風勢開始增強，不一會她的左邊肩膀已被雨水淋濕。

終於走到地鐵站，去到站內大堂，還沒看到仲禮的身影。小慧拿出手機看時間，九點三十一分，心裡忍不住想，不會是因為自己遲了一分鐘，而仲禮就已經等得不耐煩離開了吧？

小慧微微搖頭，苦笑一下，用手撥了撥肩膀上的雨水，看了一會手機新聞，直到九點三十八分，才見到仲禮從月台走上站內大堂。

仲禮見到小慧，對她揚揚手，然後走近她問：「等了很久嗎？」

「不，我也是剛到。」小慧將手機收進皮包裡，微笑回答。

「石硤尾突然下大雨，所以我遲到了。」

「是啊，我這邊也是，現在外面也下很大的雨。」

「那……你有帶傘嗎？」

小慧晃了晃掛在自己手上的伸縮雨傘，反問仲禮：「你呢？」

仲禮也從背包拿出一把伸縮雨傘，兩人相視一笑，然後步

出地鐵站外。

　　如往常一樣，他們走到附近一間二十四小時營業的連鎖快餐店，在靠窗的一張桌子坐了下來。小慧感到有點口渴，想先到櫃檯去點一杯可樂，但見仲禮一臉凝重的表情，似乎有些事情想要說，於是她只好靜靜坐著等他。

　　然後，大約過了一分鐘，仲禮才開口說：

　　「你覺得，對一個不在意自己的人過度在意，算是犯賤嗎？」

　　小慧心裡輕輕嘆氣，笑著反問：「為什麼這樣問呢？」

　　「沒什麼。」仲禮苦笑了一下，又說：「只是有時候，我會覺得自己毫無價值。」

　　「你太看輕你自己了。」

　　「你不明白。」仲禮低下頭來，看著自己的手機，撥動了好一會螢幕，又說：「不是我看輕我自己，而是我重視的人，並不重視我而已。」

　　小慧心裡又再嘆氣，她知道仲禮口中所說的人，是他認識多年的朋友 Maggie，一位不像朋友的朋友。

　　「你上次不是說，以後都不要再理會她嗎？」小慧輕聲問他。

　　「是的，我記得。」

　　「那麼，是她又來找你了？」小慧記得，上一次仲禮提到，

Maggie 忽然致電找他，原本他是決心不再理會，但最後還是禁不住心軟。

　　想不到，這次仲禮搖了一下頭，回道：「她也已經很久沒有找我了。」

　　「那……你為什麼會煩惱呢？」

　　「其實我知道是庸人自擾。」仲禮放下手機，雙手抓了抓頭髮，深呼吸一下，又苦笑說：「決定不再理她，是因為不想再被她繼續忽視與冷落。但其實我理不理會她，她還是依然如常地快樂生活，也不會對我有半點在意。而可笑的是，我越是在意這一點，就越會覺得自己的位置卑微。」

　　小慧忍不住苦笑，溫柔地對他說：「不再理會她，目的是要自己不要再有更多機會亂想，為什麼又會變成去這樣比較，結果反而讓自己感到痛苦？」

　　「因為她本來就是一個我認為重要的人嘛。我發覺，越是嘗試去將她當成一個陌生人，就越會察覺這一個人本來並不陌生。我可以一臉灑脫地對任何人說她不重要、她不是一個值得交往的朋友，我還有更多很好的朋友要去珍惜要去見面，何必要為這一個人浪費更多時間……只是嘴裡可以說得瀟灑，心裡的糾結卻始終沒有真正平息……怎樣說也好，為了某個人而特意去做一些事情來讓自己好過一點，若再說這個人真的已經毫不重要，那也是自欺欺人吧。當意識到這一點，就會覺得自己再

這樣假裝下去真的很可笑。我一邊看著她在臉書按讚了哪些朋友的貼文、在別人的更新裡留言說些什麼，一邊想著她已經有多久沒有來找我，她知道我的近況嗎？我應該要主動告訴她嗎？但到時候，她一定又會冷冷地應對我，不會有任何著緊在乎吧，就似風過無痕，到下一次再跟她提起這些曾經時，你才會發現她根本沒有為你騰出位置，去記下關於你的無聊瑣碎。那麼我為什麼又要去主動找她呢？但是如果不去找她，她也不會主動來找你。就算你有多不想這段關係只能如此不公平地傾斜下去，但你也是只能夠在她看不見的位置裡獨自仰望或空等……我越是不想這樣，就越是感到自己一個人在單方面掙扎，完全沒有意義與價值。」

　　聽他說了這麼多，小慧一時間無言以對。

　　是被他突然宣洩的情緒嚇到了，還是，她其實也很清楚明白，這些難過。

　　「最後，我變得越來越習慣，去替她找藉口。她不是不珍惜我，只是她有更多事情需要珍惜。她不是不想找我，只是她有更多重要的事情需要處理。她不是沒有將我放在心裡，只是友誼這回事不是以見面次數多寡來計算吧。她不是不想理會我的事情，只是她不知道怎麼開口、怕最後會令我難受而已──」

　　「其實你再這樣想，就只會真的讓你自己更難受。」小慧打斷他，輕輕呼口氣，又說：「你為她找更多理由或藉口，但

你自己並不是真心地相信如此。或者你這樣想可以讓你覺得自己並不小器、會好過一點，但當實情是她已經很久很久沒有來找你、理會過你的任何事情，你再為她找更多的藉口，也只會印證你自己一直在自欺欺人。」

仲禮聞言，低下頭來，像是想不到話反駁，最後他又看著手機，一直滑一直滑。

小慧看見了，手機裡的畫面，是 Maggie 的臉書。她輕輕呼口氣，對仲禮說：「其實對一個不重視自己的人，我們可以做的，不是要將他當成陌生人，而是讓自己學習少一點去胡思亂想。」

他抬起頭，看了小慧一眼，然後又看回手機螢幕，說：「但是說得容易、要做就很難。」

小慧微微苦笑一下，說：「是的。」

然後，仲禮沒有再說什麼，繼續反覆來回地看 Maggie 的臉書。

小慧看著他，又看看窗外，只見外面已是狂風驟雨，雨勢比起之前還要猛烈。然後她又看回仲禮，他似乎沒有察覺到外面的情況，也沒有感覺到，小慧看著他的那雙目光。

一直以來，就只有小慧知道，他與 Maggie 的事情。

其他認識的朋友都會以為，仲禮與 Maggie 是一對認識多年的朋友，卻不會知道，他對 Maggie 心裡其實埋藏著這麼多無法

言明的鬱結。

　　是因為他介意別人知道後會怎麼看他，還是他不想其他人對 Maggie 有太多批判，真正的原因，就連小慧也無法得知答案。

　　但這些年來，他就只會向小慧傾訴這些鬱結。

　　是因為她善解人意嗎？是因為覺得她是可以交心的人嗎？還是因為他知道，她不可能會拒絕他的請求……有多少次，小慧想知道真正的答案，只是她從來也不敢去問。

　　「你還不點飲料嗎？」

　　他忽然又抬起眼來，看著小慧問。

　　小慧微微搖頭，說：「我還不渴。」

　　仲禮也沒有再問更多，雙眼再次專注於自己的手機。

　　快餐店外，依然下著暴雨，並隱隱傳來了雷聲。小慧繼續看著他，心裡真的很羨慕，有一個人會為自己如此著緊與在乎。

　　即使明明知道，自己在乎的人，並不會在乎自己，甚至讓自己變得遍體鱗傷。

　　但還是會寧願看著手機中的人不甘心，也不會為眼前的人有半點自豪。

　　還是會寧願去多見那個人一面，也不捨得對他有任何一點抱怨。

Never forget,
and you'll
never know.

053

Never forget,
and you'll
never know.

05
/
短訊

或許，他不是忘了回覆，也不是很忙，
就只是你不再是他最在乎的人。

短訊方便，方便人類交往，也方便感情發展。

· · ·

這是你，第一個傳到我手機的短訊：

你好，很高興可以認識你
有空一起來聊天吧　^__^

還記得看到這個短訊時，心裡的奇怪感覺；那時候與你並不熟稔，跟你有什麼好聊呢？

所以當時我就只是回了你一個笑臉，沒有再說什麼，你也沒有再繼續糾纏。

不過世事，往往充滿著意外。後來你竟然成為了，我手機的「到訪常客」。

昨晚我作夢，
夢見你手拿菜刀，
氣喘吁吁地在追一隻豬。
後來你追到了，
那隻豬卻突然跪下來，

求饒說：

本是同根生，

相煎何太急！

記得最初看到這個短訊時，真不知是好氣、還是好笑。

那時候我沒有回你什麼，你卻鍥而不捨，繼續傳類似的搞笑訊息給我。偶爾我會回覆，偶爾我會已讀不回，你也從來不會勉強，到了下一次，你又會繼續傳更多有趣的短訊給我。

有一次忙著工作，手機不在身邊，我漏接了你的來電。忙完工作後，我拿起手機來看，見到你的未接來電之餘，更見到你這則短訊：

電話響了一聲，代表我正在想你！

兩聲，代表我喜歡你！

三聲，代表我愛你！

但當第七聲響起⋯⋯

唉，我是真的有事找你，

還不快接電話！

我沒時間分辨當中每一句話的真假，只知道你的短訊，讓我忍不住在公司裡大笑起來⋯⋯

很久沒有這樣笑過了。

後來你告訴我，這些短訊內容，其實是在網路上找到的。

平心而論，這些有趣短訊，並不是真的十分好笑。

但是我卻開始變得期待，你每次傳來的短訊。即使內容不一定好笑，但是當你知道，在網路的另一端，在看不見的附近，有另一個人如此想去讓你高興，又與你越來越同步時，短訊內正在談的話是什麼，漸漸已經變得不再重要了。

累了，就別太晚睡，小心身體

這天風起了，出外時記得穿外套啊

上班好悶，真想找你聊天

這天的天空好漂亮，你有看到嗎？

每次收到你的短訊，就如收到一份禮物一樣。

未讀時的緊張、閱讀時的興奮、再讀時的溫暖……也許我應該明白，自己所在乎的，並不只是你傳來的短訊，而是一個願意為我花時間與心思的人。

天空好藍啊，真想有一個人，
可以伴我分享這份景致呢

每次按下傳送，不一會就可以看到你「已讀」我的訊息，
然後下一秒鐘，就一定會看到「對方正在輸入」的提示，表示你
正在回覆我的訊息，也表示再下一秒鐘，我就會得到你的回覆。

如果你賞臉，我隨時都可以陪你啊　＾＿＾

偶爾也會想，為什麼你每次都可以這麼快回覆我的短訊呢？

我知道你的工作很忙，你交遊廣闊，一定還有很多朋友的
訊息等著你回應。

但是你都總是會立即回我的訊息，從不會讓我等太久，從
不會讓我擔心太多。

從來沒有一個人會對我如此在乎、如此重視我的說話、我
的所想。從來沒有一個人，會讓我可以如此期待、投入其中……

只是，你一直都沒有向我表示過什麼。

每次收到你的訊息，在感到一點喜悅的同時，也會感到一
點莫名的患得患失……

直到那一夜，手機傳出收到訊息的響聲。我拿起來一看，
見到你傳了這個給我：

n a^ol !

我看了幾秒鐘，最初並不明白，幸好最後我還是沒有錯過你的心意……

這是我最喜歡的短訊。

而我們在一起後的第二天，你送了我一支花，一支不會觸碰得到、但是也永不會凋謝的花……

@———>——

Never forget,
and you'll
never know.

後來，我們每天都會傳很多個短訊，在上班乘車時、在埋頭苦幹時、在開會打盹時、在想起對方時。

訊息一個又一個的來往，由辦公室裡的小趣事、到街道上的所見所聞，工作的辛勞、對假期的期待，還有無數說不完的思念與心跳，即使有時訊息裡只有一個簡單的微笑符號，但彷彿都可以感受得到對方的在乎，還有彼此的同步。

一個月後，我們由 whatsapp 轉去用 line 來短訊，因為那裡有我喜歡的動畫貼圖；在第三個月，我們又開始改用臉書的 messenger，因為方便一邊上臉書、一邊回覆訊息；然後在第七個月，你又提議不如轉用 wechat，然後……

我漸漸討厭傳你短訊。

討厭的，並不是短訊本身；討厭的，是你已讀不回我的短訊。

有時就算回了，都是在大半天過後，而之後就換來更多的怨懟爭執。

甜言不只在你我之間逐漸減少，也在大家的手機之中消失無蹤。

這幾個是我最常收到的短訊：

累了，明早再致電給你

明天沒有空

開會中，不方便聽電話

找我什麼事？

雖然，偶爾我還會收到你的「n a^ol !」，可是看著這幾個符號組成的短訊，我感受不到當中的愛意。愛，為什麼不親口說？

如果真的在乎，為什麼在終於可以見面的時候，反而變得

更加沉默；如果真的不捨，為什麼在每次說了再見之後，才會收到你體貼的叮囑與關心，而之後又會回復一而再的已讀不回。

而後來我才發現，有很多話原來在你我之間，已再不能明言。就例如……

對不起

每次看到這個訊息，好想回應你什麼，可是手指按著螢幕，卻良久打不出一個字……

是我們真的已經無話可說嗎？

直到很久以後我才真正明白，這種道歉方式，是最不負責任、也是最不會引起任何枝節的方式。

你盡你最大的可能表達了你最大的歉意，而原來你亦從不期望，我之後需要回應你什麼。

• • •

那一天，我忽然收到你的短訊，你已經很久沒有主動傳我短訊。

在短訊裡，你又跟我說了我看得最多的「對不起」，只是再看下去，我知道這會是最後一次「對不起」……

我忍不住笑了，手指按動鍵鈕，回了你一個笑臉，心裡同時間有點悲哀。

　　想不到就連分手，我們仍是依靠短訊。你或我，連一句「分手」都說不出口。

　　或許，短訊真的太方便……

　　方便人類交往，也方便，感情終結。

Never forget,
and you'll
never know.

Never forget,
and you'll
never know.

06

長信

其實只要一通電話，一次說破，
這份思念就可以得到一個真正的終結。

二〇一八年十二月三日，
螢幕顯示，郵箱裡尚有十三封未讀電郵：

〔1〕

from　Katrine ＜ katrine429@gmail.com ＞

to　　raymondk123@gmail.com

date　　Feb 2, 2017 8:13 PM

subject　你好嗎

已經一個月沒見面了，
你好嗎？

願你一切安好。

〔2〕

from　Katrine ＜ katrine429@gmail.com ＞

to　　raymondk123@gmail.com

date　　Feb 26, 2017 10:25 PM

subject　　你好嗎

上次的電郵，
後來都沒有收到你的回覆……
不知道是不是你沒有收到，
還是，其實你根本沒有看到……

昨天我在銅鑼灣，
見到一個與你很相像的人。
只是我不敢肯定，那一個人就是你。
他的身高跟你一樣，只是他的身旁，
還有一個我不認識的女生……
是你嗎？
你似乎比以前瘦了。
只是，我也不能說你……

原來失戀，真是最佳的減肥方法。

〔3〕

from　Katrine ＜ katrine429@gmail.com ＞

to　raymondk123@gmail.com

date　Mar 19, 2017 7:03 AM

subject　失眠

或者，你沒有檢查這個電子郵箱，

還是，你不想回覆⋯⋯

昨晚失眠了，好慘，

好想睡，睡不著，

眼光光到天亮⋯⋯

你呢，此刻你會仍在睡覺嗎？

祝你好夢。

〔4〕

from　Katrine ＜ katrine429@gmail.com ＞

to　raymondk123@gmail.com

date　Apr 1, 2017 11:23 AM

subject　愚人

今天，是哥哥的忌日。
不知道你記得嗎，
我們都很喜歡哥哥的歌。

追、有心人、路過蜻蜓、風再起時……
都是我們以前去卡拉 OK 時都會唱的歌。
但來到這天，每次聽見「春夏秋冬」，
都會分外感觸……

Never forget,
and you'll
never know.

春天該很好　你若尚在場

如果哥哥仍然在世，
如果，想念的人可以在自己的身邊……

不知道此刻在你的身邊會是誰呢……
不知道每次你聽到這首歌的時候，
想念的人，又會是誰……

〔5〕

from　Katrine ＜ katrine429@gmail.com ＞

to　raymondk123@gmail.com

date　Apr 29, 2017 0:01 AM

subject　生日快樂

生日快樂！

Happy birthday ！

去年，你許願希望能夠升職，你如願了；

前年，你許願想要考取碩士，你如願了；

前前年，你許了一個不讓我知道的願，我想你也應該如願

了⋯⋯

這一年，你又會有什麼生日願望？

怎樣也好，希望你心想事成，事事順利。^＿^

〔6〕

from　Katrine ＜ katrine429@gmail.com ＞

to　raymondk123@gmail.com

date   Jun 15, 2017 5:58 PM

subject   夏

近來天氣熱了……
這天忽然想起，
以前每逢夏天，我們牽手的時候，
我都會因為覺得你的手心太熱，
還有你手心的汗，
讓我偶爾會好想甩開你的手……
可是你總是牽得我緊緊的，
不願意就這樣放開我的手。

後來我總是會後悔，
自己那時候為什麼會這麼笨，
原來有些事情，只要不小心放棄了，
以後就無法再變回到從前一樣……

以後每次回想起，都會有一種難以言喻的刺痛。

Never forget,
and you'll
never know.

〔7〕

from　Katrine ＜ katrine429@gmail.com ＞

to　raymondk123@gmail.com

date　Jul 7, 2017 4:23 PM

subject　日本

我明天就要去日本了，
你有沒有想要什麼手信？

〔8〕

from　Katrine ＜ katrine429@gmail.com ＞

to　raymondk123@gmail.com

date　Jul 17, 2017 11:23 PM

subject　手信

有一份手信想給你。
想來，已很久沒見了……
你好嗎？

〔9〕

from　Katrine ＜ katrine429@gmail.com ＞

to　raymondk123@gmail.com

date　Oct 4, 2017 10: 10 PM

subject　中秋

這天是中秋節，

你今年有買你喜歡的月餅吃嗎？

別吃太多，小心肥呀。　　:P

祝你人月兩團圓。

Never forget,
and you'll
never know.

〔10〕

from　Katrine ＜ katrine429@gmail.com ＞

to　raymondk123@gmail.com

date　Oct 22, 2017 0:29 AM

subject　一個人

你好嗎？

剛剛從外面回到家裡，

就想寫這一封電郵給你。

雖然已經是深夜了，但還是沒有半點睡意。

你好嗎？願你一切都好。

也許是秋天的關係，

總覺得，這夜的風好涼。

下班後，我一個人離開公司，

明明已經穿了外套，

圍了你以前送給我的圍巾，

但仍是感到有一點兒冰冷。

又也許，冷的是心情……

這夜我走過了時代廣場，

記得那裡曾經是我們約會經常會去的地方，

而你又喜歡到附近的越南餐廳，吃牛肉河粉。

這夜我去了，但是碰不見你。

我點了一碗牛肉河粉，一杯椰汁冰，

味道依然沒變，只是我知道很多事情，

已經不再一樣。

結帳後，我繼續在街上漫無目的地遊逛，

走過很多我們都曾經到過的地方，

走過一些你可能會出現的街角，
心裡突然好想知道，此刻的你會在做什麼。
我拿出手機，
看著你的名字，卻始終不敢按下撥出鍵……
其實只要按下去，我就可以聽到你的聲音。
其實只要按下去，也許這份思念，
就可以得到一個終結……

但最後我還是沒有按下去。
就只是將手機收起，又拿出來，
看看會不會收到你的訊息，
然後又會再責備自己，
何必再去奢想你還會在乎，
這天仍是有一個人，
會為你而想得太多……
何必還去祈求，你會看到這一封電郵，
你終於會回覆，我的認真。

Never forget,
and you'll
never know.

〔11〕

from　　Katrine ＜ katrine429@gmail.com ＞

to　　raymondk123@gmail.com

date　　Nov 28, 2017 11:30 AM

subject　　興奮

就快到我的生日了……^o^
近來的生活都很充實,
每天都有朋友邀我去聚餐,
還預先收到很多禮物,
讓我感覺好溫暖……
你知道嗎,有一個同事送了一份禮物給我,
竟然是一本星座書——這不是重點,
重點是,那本星座書是英語版的,
是給外國人看的……
我的英文水準不太好,
難道叫我一邊看、一邊查字典嗎?
那個同事卻笑說,
若我看不懂的話,他可以代我翻譯;
但若是真的如此的話,
真不明白這份禮物是苦了我,還是苦了他。

Never forget,
and you'll
never know.

這天早上，媽忽然跟我說，

我年紀不小了，不要再任性了……

我想，我在她心目中仍是一個小女孩吧；

又或者，真的任性的我，

總是在做著些不順她意的事？

其實我知道，她是疼我的，

她從來不會過問太多我的事情，

但是每次回到家裡，她都會端來一碗湯給我，

夜了，又會來我的房間替我關燈……

我知道，

自己一直都辜負了他們的期待。

但是，我還是希望再任性多一遍……

只希望，我的任性，

這一次終於可以如願。

〔12〕

from　Katrine ＜ katrine429@gmail.com ＞

to　raymondk123@gmail.com

date　Dec 4, 2017 1:58 AM

subject　也許……

昨天是我生日……
或許所謂生日願望，
就只是在生日的時候，
讓自己可以暫時逃避一下的白日夢。
當生日過去之後，
也許是時候該讓自己，清醒過來。

這天我撥了很多次電話給你。
但是電話仍是無法接通，
系統總是機械地讀出，
這個號碼已經終止了服務。
最初，我還以為自己是記錯了號碼，
死心不息地繼續撥出；
然後又安慰自己說，
也許是網路出了問題，
或許再晚一點致電給你，
就可以順利接通？
但，你知道嗎……
在最後一次打電話給你的時候，

我的勇氣已經所剩無幾……
最後系統還是無情地確認，
你的號碼已經終止了服務。
我知道自己也是時候，要清醒過來……

其實，你可能不想再跟我這個人，
有著任何關聯吧……
否則，你早就會回我的電郵，
否則，你不會如此絕情地，
取消了這一個你已經使用多年的手機號碼……
也許，是我當天傷你太深……
對不起。

也許，我也是時候應該放下了……
我以後不會再打擾你。
願你安好。

〔13〕
from　Katrine ＜ katrineYY@gmail.com ＞

Never forget,
and you'll
never know.

to   raymondk123@gmail.com

date   Nov 26, 2018 3:26 AM

subject   宴

Dear Raymond,

很久沒聯絡了，你好嗎？^_^
沒什麼，只是想告訴你，
下一個月的第三天，是我跟我未婚夫的婚期，
我們將會在早上十點於大會堂註冊行禮。
你能來嗎？
希望你能來，好想跟你分享這份喜悅。
如果有什麼問題，也可以致電給我，
我的手機號碼沒有改呢。

Best Regards,
Katrine

二〇一八年十二月四日，
katrine429 新增了一封未閱電郵：

Never forget,
and you'll
never know.

from　Raymond ＜ raymondk123@gmail.com ＞
to　katrine429@gmail.com
date　Dec 4, 2018 0:38 AM
subject　遲來的回信

十二月三日深夜，
我終於來到了這個信箱，
這個自從分手後，
我一直都不敢再登入的電郵信箱。

看了你的信，
看到你原來一直仍在寫信給我，
我不由得開始回想，
在我們沒有再見的這兩年時間裡，
自己一直做著什麼呢？
是每天渾渾噩噩地過日子，
為了糊口而白活著？
又還是，自己一直在逃避回望什麼，
而忽略了其他更加重要的事情……

然後來到這天，我終於知道，

Never forget,
and you'll
never know.

自己是真的忽略了一些重要的人與事，
自己實在是浪費了太多時間，
來與回憶對望，來讓自己復原過來⋯⋯
但是當我決定不再逃避時，
此刻我亦真正知道，一切都已經太遲。

抱歉沒有出席你的婚禮，
我想你應該會很漂亮的⋯⋯
有些願望，有些夢想，
大概以後都再沒有機會去達成。
但還是希望，你們會幸福，
以及，你不會看得到這一封信。
對不起

Raymond

07

鑰匙

最傻的是，我們為了一個已經很久不見的人，

讓自己又再一次陷得更深。

晚上九時零五分，承風拖著疲倦的身軀，回到自己的家門前。

想從衣袋中掏出鑰匙開門，右手卻摸不到任何東西。

然後他才發現⋯⋯

自己，竟然，忘記帶鑰匙。

• • •

一小時後，在餐廳裡，承風難為情地看著小葉，說：「對不起，這麼晚還約了你出來。」

「笨蛋。」小葉微笑應道。

承風看到她的頭髮還有點濕，似乎是剛沐浴完不久，忍不住又說：「總之是我不好⋯⋯要不要喝點什麼？我請客。」

「不了，喝了再睡會肥。」小葉對他吐了吐舌。直到現在，承風依然記得她這個表情。她繼續說：「你運氣好，我找了又找，終於讓我在抽屜深處找到它。」

說完，她從衣袋掏出了一串鑰匙。承風伸手接過，雙手再作感謝狀：「幸好你還有保留著，否則我要付一千大鈔來請人開鎖了。」

小葉有點得意，笑道：「你應該要請我吃飯啦。」

「一定一定。」

「其實，看到來電顯示你的電話號碼時，還真有點意外呢。」說完，小葉拿起桌上的茶喝了一口。

「為什麼？」承風心頭一跳，口裡卻輕鬆地說：「以為我邀你喝喜酒？」

她微微地笑了一下，不置可否，過了一會後又說：「畢竟，你已經很久沒有聯絡我了。」

「忙嘛……」他讓自己乾笑了一聲，「這一年，工作比較忙。」

她看著他，看到他也定睛看著自己，於是她又問：「還在同一間公司工作嗎？」

「嗯。」

「似乎那裡仍是你的第二個家呢。」說完，她又莞爾。

「或許吧……」

「那麼，你就該多配一串備用鑰匙放在公司嘛。」小葉放下了茶杯，笑著對他說：「下一次，我再也幫不了你了。」

承風微微低下頭來，看到她左手的無名指，然後微笑應道：「嗯，我會的。」

「有女朋友嗎？」

聽到她這麼問，他又不禁心跳一下，卻又反射性地立即回答：「有呀。」

小葉疑惑地看著他，但承風過了好一會才察覺她的目光。

Never forget,
and you'll
never know.

最後，她還是開口問他：「那麼，為什麼你不多配一串鑰匙給你女朋友？」

「因為……她剛巧不在香港嘛。」他連忙解釋，不想讓她有任何誤會。「她去了台北出差，過兩天才會回來……」

「哦，原來這樣。」

然後，小葉又拿起茶杯喝了一口，又一口，沒有再把它移離唇邊。承風忽然感覺到，氣氛變得有點尷尬，卻又不知如何才可以再回復最初的自然。最後他終於想到了，對她說：「不如，當作報答，下次我請你吃日……」

但是他話還未說完，小葉卻已站了起來，笑道：「不早了，有點累，我要回家了。」

「那……我送你吧。」

「不用送我了，這麼近。」她向他揮揮手，又說：「你也早點回家吧。拜拜。」

最後，小葉獨自離開了餐廳。承風坐在原位，默默看著手中的鑰匙。

想起，這串鑰匙曾是屬於她的。

想起，她曾用它來打開過自己的家門。

想起，已經分開了三年，她依然保留這一串鑰匙。

最後又想起，她無名指上的那圈戒指。

想到這裡，他搖了搖頭，把鑰匙放在自己的衣袋裡，苦笑

了一下。然後又從另一個衣袋裡，掏出手機，按下一組電話號碼。他拿著手機等了一會兒，最後這樣說：

「麻煩你，我想開鎖。地址是……」

其實這串鑰匙所能夠開的鎖，一年前早就已經壞了。

他換了另一把門鎖，只是她不會知道。

以後都不會知道。

Never forget,
and you'll
never know.

092

Never forget,
and you'll
never know.

093

Never forget,
and you'll
never know.

08

麻木

最怕的是，我們沒有自己所想像的那麼堅持，
真的決心要從此離開。

「記得你以前是一個很有原則的人。」

幼玲看著 Mary，嘆一口氣，但見 Mary 仍是低著頭，不發一語，於是又繼續說：「還記得那時候，只要你聽見別人一腳踏兩船，或是喜歡玩曖昧、關係不清不楚，你就會強烈表現你的不屑。即使你本來並不認識那些人，你也會毫不留情地批評責罵，還說愛情不應該是這樣的，做人不應該是這樣的。」

Mary 微微抬起眼，看著幼玲，像是不懂如何回答。過了好一會，她才說：「我想我是已經回不去以前了。又或者，他是我命中註定的剋星？」

幼玲搖搖頭，苦笑說：「什麼命中註定，你現在還年輕呀，未到百年歸老那一天，你又怎會知道什麼是註定？」

「每次見到他，或是事情與他有關，我就會變得沒有了主見……」

「因為你總是把他放在至高無上的位置，讓你自己要抬頭去仰望，一切都以他為主……但其實你又何必讓自己這麼委屈呢？」

「不是的……」Mary 頓了一下，又說：「我只是不想他不開心而已。」

幼玲苦笑，說：「只是你卻因此而把自己弄得十萬個不開心。」

「其實只要偶爾他對我好一點，我就覺得已經足夠了。」

「或許有天他終於會待你好一點點，但在你等到那一天來臨之前，你早就已經沒有自己了。」

「為什麼這樣說？」Mary 茫然地看著幼玲。

「兩個人在一起，在互相影響之下，或多或少都會改變了原本的自己。」

「是啊，這又有什麼不對？」

「但你們的情況是，他把你改變了，而他依然故我，也不會為你改變，這樣的關係不是相處，而只是一種單方面的支配吧？」幼玲不留情地說。

「或者是因為……我愛他比較多吧？」說到最後，Mary 反而微笑了一下。

「是的，也許你是愛他比較多，但這不是誰愛得多、誰愛得少的問題，而是他對你是否真的好、他這個人本身是否善良。」

Mary 似乎更不明白，反問：「你覺得他很壞嗎？」

「我只知道，他讓你變得越來越不快樂，人也變得孤獨，平時其他朋友想約你見面也很難，現在我竟然可以在這裡見到你，應該算是奇蹟。」說完這句話，不只幼玲，就連 Mary 也忍不住苦笑起來。

「對不起，但……」Mary 看一眼幼玲，欲言又止，然後她又輕輕嘆氣，低著頭說：「他……其實不喜歡我見你們，所

以⋯⋯對不起。」

此刻幼玲連苦笑也笑不出了。

Mary 又嘆一口氣，低聲問道：「你覺得，我現在還可以做些什麼呢？」

「你又有做過些什麼呢？」幼玲沒好氣地反問。

「我試過一星期不理他。」

「那有用嗎？」

「沒有⋯⋯」

聽見 Mary 回答得如此卑微，幼玲又忍不住嘆氣。然後 Mary 又說：「我也試過在跟他見面的時候不吃東西，以表達我的不滿⋯⋯」

幼玲接下去：「但他就恍如不覺，最後餓壞的反而是你自己，對嗎？」

Mary 不說話了。

「你所做的事情，都是因為他而起，卻不會讓你自己變得快樂一些。這樣下去，你反而會變得越來越疲累，卻又再離不開這一個人。」

「不是呀，不是的。」

「為什麼不是？」幼玲問。

「他也不是對我不好，其實他對我已經比以前要好了。」

說到最後，Mary 還刻意地微笑一下，彷彿想要給自己多一

點肯定。

　　幼玲看著她良久，忽然問：「你知道你和他之間最大的問題是什麼嗎？」

　　「是什麼？」

　　「他對你越來越差，而你，卻越來越習慣對他的作為變得沒有感覺。從最初你會十分不屑他的行為，到現在你會為他的問題找各種藉口，一次又一次的傷害，你試過想反抗，卻因為受過太多次的刺痛，漸漸你開始適應過來，最後你讓自己變得麻木了，就算偶爾你會清醒、覺得自己不應該如此下去，但你也只不過是想證明自己還保留著理智，安慰自己尚有離開的餘地與可能，然後讓自己可以安心地繼續沉溺沉淪下去……」

　　「為什麼……你要這樣說我？」Mary 打斷幼玲，有點傷心地反問：「你又不是我，你怎會明白我的心情？」

　　幼玲沒有回答，只是靜靜地看著 Mary，那眼神似在同情，也像是有點嘲弄。

　　最後她搖搖頭，輕輕地說：「其實是你不明白才對。」

● ● ●

　　夜深，幼玲一個人，回到自己的家。
　　打開大門，看到地上有一雙不屬於自己的高跟鞋。

Never forget,
and you'll
never know.

走到寢室前，看見一個不認識的女人，和自己的男朋友，睡在應該屬於自己的床上。

她靜靜看著，一臉淡然，最後悄悄轉身離開，去到附近的小公園呆坐。

以前，他不會這樣的。就算外面有其他女人，他也不會這樣帶女人回家。

以前，自己也是不會這樣的，至少她會大哭大鬧，會離家數天，會向他質問那個女人是誰，會不言不語、生他的氣好一陣子……

幼玲知道，經過一次又一次被背叛，自己已經一點一點地變得麻木。或許他也跟自己一樣，已經對自己的傷心與眼淚沒有感覺，因為都麻木了，所以如今才可以如此繼續狠心地傷害自己？

想到這裡，幼玲苦笑了一下。其實自己的情況跟 Mary 幾乎相似。自己可以很清醒地說出她的問題，但另一方面，自己又會為另一半的不忠而繼續尋找藉口——他不是真的壞，彼此不是不能夠回到以前，只是大家都麻木了，都選擇將感受與情緒藏在心裡，他的犯錯、他的不好，並不是真正的問題……

太習慣麻木的人，會自以為還保持清醒，甚至會為對方的麻木找藉口。然後漸漸會變得不再執著，包括最初原本會堅守的那些價值與理想。

Never forget,
and you'll
never know.

其實自己跟 Mary 根本一模一樣……

手機忽然響起了鈴聲，幼玲拿出手機，見到是他的來電。
她抬起眼望出公園外，只見他正送著那個不認識的女人上 Uber，
他應該沒有發現自己正坐在公園裡。

鈴聲一直響，一直響。

她看見他，轉身走回到大廈裡去。

最後，她接聽了。

「還沒回來嗎？」

他問。

「今晚不回去了。」

她回答。

過了一會，他哦了一聲，然後就直接掛斷。

幼玲終於記起，麻木到盡頭，那猶如窒息般的苦澀是什麼
滋味。

Never forget,
and you'll
never know.

102

Never forget,
and you'll
never know.

103

Never forget,
and you'll
never know.

09
/

忿忿

常常，我們在失去之後，才會想起對方的好，
才會發現自己有多在意。

最近，他忽然覺得，曼盈對自己越來越好。

比以前任何一個時期，都更加要好。

「不好嗎？」

曼盈努努嘴，低下頭來不說話。他知道這個動作，是要叫他不要再問。

只是不問，還是會一樣感到奇怪。

以前，曼盈不會時常打電話給他，因為她不愛講電話。

但如今，他時常都會接到曼盈的來電，主動跟他談近況，或說聲晚安。

以前，曼盈經常已讀不回他的短訊，有時甚至是幾天都不會回覆，就像是失蹤了一樣。

但現在，她不但不會不回應，每次他在線的時候，也一定會見到她在線。

最初，他會以為是自己過分敏感。只是他還是有點不太習慣，她的這種變化。

「為什麼你最近時常來找我呢？」

有一次，他終於忍不住開口問曼盈。

「想起你，就想找你，不可以嗎？」

她邊說邊搖頭，像是覺得他少見多怪。

「你以前不是很獨立，不喜歡我去找你嗎？」

他無奈地反問，她卻忍不住笑，有點得意地回答：

「你主動找我，跟我主動找你，是兩回事嘛。」

話雖如此，近來每次當他有事找曼盈時，她的態度也不再像以前那麼冷淡、拒人千里。

記得以前打電話給她，她總是表現得不想聊太久。

想約她，要花上很多的心思與時間，最後也不一定會答應。

到了後來，她漸漸沒有接聽他的電話，他再也聽不見，她那種不情不願的聲音。

沒有聯絡，自然也沒有再見面。然後，他沒有力氣再主動更多，這段感情，就無聲無息地告終。

而明明他是如此認真地投入這份感情。

可是如今不知為何，自己又會重新與她連接起來，與她經常見面。

平常相處的時候，有時甚至比以前更加親近，曼盈會更願意跟他分享她的生活。

例如，曼盈會主動跟他說，昨天跟哪個朋友去逛街、看電影；她最近想更換寢室裡的書櫃，也會特意打電話來問他的意見。

若是在過去，如果曼盈願意主動告訴他這些事情，他會視這樣的舉動為神蹟。

曼盈又會經常買些小東西給他，例如手機繩、零食、衣服，甚至是男士專用的護膚品。

甚至是男士專用的護膚品。

　　有時她會說是剛巧在店裡看到，有時說是她自己多出來不用的。

　　有時她會要他付錢，有時她很抗拒他付錢。

　　莫名其妙。

　　不過，他還是為曼盈的變好，而感到有點快樂。

　　「有多快樂？」

　　她雙眼精靈地注視著他，一臉笑意。

　　「唔……」他卻感到有點尷尬，雙眼游離地說：「有人對自己好，會快樂也是很自然的事呀。」

　　「你沒有回答我問題。」她鼓起腮。

　　「真的需要那麼認真嗎？」他冒汗。

　　「算了。」她不再追問，從皮包裡掏出一個小袋子，說：「給你的。」

　　他伸手接過小袋子打開，發現是近來自己最想要的限量版手機殼。

　　「你怎麼……知道我想要這個？」

　　他忍不住大嚷，同時也好奇，她是怎麼找到這個手機殼，因為那是限定在日本發售，除非是請人在日本代購。

　　曼盈微微笑了一下，說：「剛巧在街上見到，所以就買了。」

「但我找過很多地方都找不到呢！」他愛不釋手地拿著手機殼，又問：「會很貴嗎？」

但她只是搖了搖頭，看著他。

他忽然感覺到，有一點悸動，在自己的心裡輕輕蔓延。

是一種說不清楚的感覺，一種自己遺忘已久的牽動。

最近，他真的覺得，曼盈對自己越來越好。

甚至比以前他們在一起的時候，都更加要好。

但當初，她沒有反對與自己分手……

但如今，他們只不過是朋友……

他看著她，始終想不明白，最後只好繼續把玩那一只手機殼。

她看著他，臉上依然在笑，即使此刻他已經不會有太多在意。

• • •

在與他道別後，曼盈走在街上，漫無目的地逛了一會，最後她從皮包掏出手機，打開臉書。

她首先瀏覽的，是他的帳號，想知道這天有沒有更新。

接著她再去瀏覽，他最新結交的女朋友的臉書帳號，看看有沒有任何更新，看看有沒有半點與他有關的消息。

曼盈與他分開後的第一個月，他透過朋友介紹，認識了現在的女朋友。

　　兩個月後，他們將兩人一起拍攝的合照，都放在自己的帳號內，並表示兩人正在交往中。

　　照片裡的他，笑得好快樂好快樂。

　　她從未見過他這麼快樂的表情。

　　即使在過去，跟自己在一起的時候。

　　即使是現在，她已經比以前對他更好更好。

　　每個夜裡，她都會看著照片裡的他，茫然。

　　偶爾不忿。

　　偶爾苦笑。

10
/
重遊

重遊某些舊地，與其說是為了碰見誰，

不如說是為了再一次自討苦吃。

已經有多久，沒有來過這個地方。

這夜，曉揚一個人，默默走到來這片舊地。

經過屋苑前的公園，只見公園裡的水池已經變枯乾。

以往，他最愛坐在水池旁邊，一邊乘涼，一邊等待另一個人的前來。

遊樂場的一雙鞦韆，正隨著冷風而微微搖曳。

曾經，他與她，在這雙鞦韆盪搖過幾多個夜深，留下多少回憶。

走進屋苑的小商場，他發現有些店鋪變不同了。

賣糖果的小店已經變了藥房，租小說的書店，也像是不再經營。

不知道，她會不會為此而曾經失落過？

便利店裡的職員，也已經換了不熟識的人。

以前幾乎每晚都會來這裡光顧，以前他們總愛在這裡逗留多一陣子。

以前。

曉揚輕輕吸一口氣，離開了商場，走到只有路燈點綴的幽暗路上。

那時候，當他們在深夜時經過這裡，她都會親密地挽著曉揚的手。

他曾經幻想過，或許是因為她不捨得自己，她才會這樣緊

緊挽著自己。

　　但他其實也知道，真正的原因是，她害怕路上突然爬出的小昆蟲。

　　有多少次，因為路上突然出現的蟑螂、飛蟻、壁虎，她被嚇得緊抱著他不放。

　　漸漸曉揚習慣了，每次與她走到這條路時，他會先走前兩步，留心前方是否有蛇蟲鼠蟻出沒。

　　那一夜，也一樣。

　　「喂。」

　　她忽然在背後輕嚷。

　　「什麼事？」

　　他回頭，看到她的眼神有些古怪。

　　「嗯……待會你趕得及末班車回家嗎？」她這樣問他。

　　「當然可以，現在時候還早嘛。」

　　當時曉揚不明白，為什麼她會這樣問。

　　自己不是第一次送她回家，以前也試過比現在更晚的時間送她回家。

　　「有什麼事嗎？」他反問她。

　　但她沒有說話，只是輕輕搖了搖頭。

　　想不到那一夜，原來是最後一次了。

　　自那一夜之後，已經有六個月，他沒有踏足她家樓下。

此刻，他抬起頭，仰望她所住的單位，然後走到大廈門前。

大廈的閘門，需要輸入密碼才能打開。「2318」，他這樣輸入，心裡卻不期望，這個密碼不會被改。

想不到，閘門竟然自動打開了。他走進大堂，大廈的管理員向他說：

「陳先生，很久沒見了。」

他有點愕然，管理員竟然還認得自己。他心裡有點安慰，應道：「謝謝你王伯。」

「來探阮小姐嗎？」

王伯這樣問，曉揚看到他臉上的笑容，但還是感到對方的語氣，其實已沒以前般親切。

他對王伯點點頭，然後走進升降機裡，按下六樓的鍵。

升降機隆隆地向上升，然後他想起，即使上去她所住的樓層，又有什麼意思？

本來這夜，就只是想在她家附近逛一下。

本來就沒有打算，要走到來這地方。

即使這升降機，他是乘搭過多少次了。

即使她的家，他一直都沒有進去過。

曉揚忽然忍不住苦笑了，自己總是在幹著一些自相矛盾的事情。

例如現在，明明沒打算來到這地方，卻乘上了這部升降機。

例如以前，明明不是她的男朋友，但每次都會像男朋友般送她回家。

如此這般，是為著什麼呢？

是為想多見她一點，才每次都答應要送她回家？

還是，自己希望透過這一點不屬於自己的責任，來自我安慰、自我催眠，讓自己可以自欺欺人下去？

然後，就在他胡思亂想間，升降機到了六樓。

步出升降機，他知道，她這晚應該不會在家裡。

她在臉書裡有分享，這幾天她會去外國旅遊；也因此這夜，他才會敢重臨這個地方。

不用再害怕，若然無意碰見她時自己會如何忐忑失控。

不用再害怕，如果見到她時會發現自己仍然有多不捨……

想著想著，他已經來到她的家門前。

「你不進來坐坐嗎？」

那夜，她這樣問他。

「不了。」

但那時候，他不記得自己因為什麼原因，竟然這樣回答。

然後，他對她笑笑，轉身離開這個地方。

然後，她與另一個人在一起，一直至今。

曉揚看著她的家門，微微苦笑一下。

可能是自己真的沒有運氣。

但他心底更加清楚明白，其實是自己不中用。

他伸出手，輕按她的門鈴一下。

是沒有意義的，他知道。

大門不會因為這一下的按鈴，而奇蹟打開。

緣分不會因為這一夜的重遊，而再次延續。

如今都已經太遲。

但他還是按了一下，又一下。

因為他知道，自己以後再不會按動這門鈴。

這一夜，這一次，真的是最後了。

之後……

再不會有之後。

Never forget,
and you'll
never know.

●　　●　　●

穎彤倚著大門，默默數算著鈴聲。

這夜，因為男朋友突然有急事，需要回家處理；於是他們提早結束了旅程回來，穎彤也在傍晚時分，帶著行李回到了自己的家。

然後在整理行李的時候，門鈴忽然響了起來。

然後，穎彤在大門的防盜眼裡，看到了曉揚……

已經有多久沒有見過他。

已經有多久，失去了他的消息。

他是來找自己嗎？有一刻，穎彤想立即打開大門。

但她接著想，他從沒有試過這樣子來找自己。

他應該知道，自己這幾天是去了旅行。

他應該知道，這夜根本不會找得著自己……

他根本不想她知道，這夜他曾經重遊這一個地方。

想到這裡，一串淚水悄然落下。

穎彤輕輕轉身，倚著大門，跌坐在地上。

數算著鈴聲。

默想起從前。

直至鈴聲響到第十二下，沒有再響下去。

直至淚水終於完全揮發為止。

119

Never forget,
and you'll
never know.

120

Never forget,
and you'll
never know.

Never forget,
and you'll
never know.

11

曲奇

你知道自己以後都不會忘記，

只因為那些人與事，永遠都不會再重來。

「生日快樂。」

「你……怎知道這天是我的生日？」

　　可兒心裡竊喜，沒想過這夜阿哲會約自己出來，竟然是要為自己送上生日祝福。

　　阿哲看著她微笑一下，然後從背包拿出一個圓形的盒子，又說：

「送給你。」

　　可兒接過盒子，藍色的包裝，還有用絲帶綁了一個蝴蝶結。她說了一聲謝謝，忍不住問：「是什麼來的？」

　　阿哲的臉上有點靦覥，笑著回答：「你回家打開，就會知道的了。」

　　縱然可兒心裡很想知道答案，但最後她還是選擇讓自己微笑道謝，沒有再問更多。

　　只因為她覺得，此刻的自己是有多麼幸運與幸福。

　　她喜歡阿哲已經好多年了。

　　從中學五年級開始偷偷暗戀，畢業後在街上與阿哲重逢，成為了一對偶爾會約會碰面的朋友，可兒心裡一直都為此而感到慶幸，也因此而不敢將自己的心意告訴阿哲。

　　她總是覺得，阿哲不會喜歡自己這類型的女生，也總是害怕這份友誼，會因為自己的一時衝動而就此告終。因此只要可以跟他一直保持友好，她就已經覺得心滿意足。

但此刻她看著阿哲，可兒心裡面有一種直覺，阿哲看待她的目光，並不只是一位普通朋友。

因此她想好好記住，眼前的這一個人，看著自己的那一張笑臉，那種充滿溫柔、也彷彿帶點悲傷的目光。

雖然可兒其實也好想去問阿哲，他對自己的感覺。只是她又會怕，如果繼續問下去，會超越那一條不明確的界線……

她最後還是忍住沒有開口。

只是她也沒有想過，這晚的見面，會是與他的最後一次見面。

而那一個尚未問出口的問題，之後卻陪自己熬過了多少個日與夜。

●　●　●

回到家裡，可兒迫不及待地將藍色盒子打開。

第一眼看到的，是一張小小的淺粉色卡片，上面寫著：

「Happy Birthday」

直到這刻，可兒還是感到有點意外，為什麼阿哲會知道自己的生日。

雖然他們有加對方的臉書，但是可兒因為不想在每年生日時，在臉書裡收到太多祝賀留言與訊息，所以很早以前她就已

經隱藏了自己的生日日期。

是自己以前有向他透露過嗎？還是阿哲向別的朋友打探得來？

可兒一邊胡思亂想，一邊繼續查看盒子裡的物件，見到內裡有著很多款式的曲奇及糖果，都很精緻吸引。

都是她喜歡的味道。

可兒心裡歡喜，拿起手機，輸入一個短訊給阿哲。

「謝謝你的禮物，你怎知道我喜歡曲奇餅？ :)」

訊息狀態不一會就變成「已讀」，只是阿哲卻沒有立即回覆她。

可兒心裡有點緊張，但又不敢再傳另一個訊息去問，怕他是在忙著，也怕已經夜深了、會打擾他休息。

不如等明天早上再問他吧？她心裡這樣想。

但想歸想，直到入睡前，她的目光還是離不開手機的螢幕。

就連夢境裡的自己，也是為了守在手機前等他的回覆，而總是心神不安……

然後第二天清晨，可兒忽然夢醒過來，忍不住拿起伴在枕邊的手機來看，發現阿哲在凌晨時分，原來已經回覆了自己的訊息——

「Goodbye :) 」

Goodbye ？為什麼他會說 Goodbye ？

後來，可兒再傳訊息過去，但是已經無法再得到他的任何回覆。

　　後來，可兒聽其他朋友說，阿哲原來已經移民到國外工作。

　　原來他將最後一天的時間，都留了給自己。只是自己實在太遲才知道。

• • •

　　「你平時喜歡些什麼東西？」

　　那一天，在朋友的生日聚會裡，大夥兒正準備要唱生日歌前，阿哲忽然這樣問可兒。

　　「喜歡……有很多我都喜歡呀。」

　　她心裡有點意外，因為阿哲之前很少主動去問她的喜好。

　　「例如呢？」他笑著續問。

　　「我喜歡貓……」

　　「貓？是波斯貓，還是三色貓那種？」

　　「三色貓。」她笑。

　　他看著她，點頭說：「我也喜歡三色貓。」

　　知道與他有同一種喜好，她心裡有點興奮的感覺。

　　「還有呢，還喜歡什麼？」

　　「還有……喜歡藍色。」她靦腆地道。

「天空藍？」

「是啊，我很喜歡天空的那種藍色，每次看到藍天，都會覺得很舒服。」

「我也喜歡藍天，有空的時候就會到海邊拍攝天空與夕陽。」

「那不如下一次，我們一起去海邊拍⋯⋯」

但話到半途，可兒突然想起自己像是太主動，於是便沒有再說下去。

「還有呢？」阿哲卻又問道。

「⋯⋯還有？還有什麼？」她臉紅。

「我是問，你還喜歡什麼。」他微微笑問。

「還有、還有⋯⋯喜歡曲奇餅。」說到這裡，可兒心裡又感到一點奇怪，於是反問阿哲：「為什麼你要問我喜歡什麼？」

阿哲的臉上像是有點尷尬，過了一會，才對她笑說：「抱歉問你這些，我只是想了解時下女生的喜好。」

「你的說法像是顯得自己很成熟、而我就是一個天真無邪的小女孩一樣呢。」

「是嗎？」阿哲對她做了一個鬼臉，然後便轉身離開。

可兒看著他的背影遠去，想叫住他，但最後她還是沒有讓自己開口，而且其他人也開始為壽星獻唱生日歌。

如果當時自己有開口，他們之間的話題可能就會繼續延展

下去？

　　如果當時繼續說下去，可能她就會知道，原來他之後要移民到外國⋯⋯

　　只是可兒也知道，世事沒有這麼多如果，也不是所有如果，最後都會合乎自己的期望。

　　但後來每次想起生日會的這一幕，她都會後悔，當時的自己為什麼沒有主動一點。

　　為什麼要讓將來的自己後悔不已。

　　偶爾，可兒都會翻看阿哲傳給她的「Goodbye」訊息，一看就是半個小時、一個小時。

　　她始終無法明白，如果他是要離開，為什麼不向自己說一聲？

　　如果最後還是要走，為什麼他在離開之前，又要特意來送生日禮物給自己⋯⋯

　　而過程中他始終沒有向她透露半句，就只留下這一個問號給自己。

　　而之後，他也沒有再傳任何短訊給自己，她也沒有再看過他在線。

來到這個地步，正常來說，自己是應該要從此放開，不應該繼續執著要去知道答案。

反正，彼此就只是一對普通朋友，反正，大家從來沒有為對方而表達過什麼。

反正，他已經移民到外國，以後也很難再見，自己也是不可能去跟他發展遠距離的感情關係。

可偏偏，有時當你越是想去淡忘，你又會發現自己在不知不覺間，反而會對這一個人變得越是在意……

例如，此刻你叫自己不要再沉迷，但下一刻還是會忍不住繼續去追看他的臉書更新。

例如，你明明是想去逛街散心，但總是會不自覺地來到了，以前與他一起經過的地方。

每次回家，走過與他逗留過的公園，腳步也會變得慢下來。

然後又會回想起，那些短暫但珍貴的片段。

然後又會再一次追問自己，如果當初沒有錯過那些機會，如今又會不會有一點不一樣？

但再空想更多，那些問號也是無法再去求證。

就只能看著他臉書與其他朋友的新合照，懷念舊時。

就只能看著他最後留給自己的曲奇與糖果，在最不快樂的時候，偶爾拆開一包來嚐，讓曲奇的甜味，沖淡那一點難過與寂寞。

讓這一份他留給自己的禮物，陪自己度過那些想念的夜晚。

● ● ●

有些事情，大概永遠都不會被忘記。

但有些事情縱然難忘，到了某一天，還是會在不知不覺間，被新的回憶悄悄掩蓋、埋藏起來。並不是你真的完全忘記了，而是你知道，自己是時候要繼續往前走下去。過去可以偶爾留戀，但最後，我們還是要繼續活在當下，並為自己與心愛的人創造新的回憶。

阿哲去了外國，已經快要半年了。

由最初的念念不忘，漸漸可兒都開始習慣，一個人想念的那些日子。

由最初還會因為，看見他在臉書新結識的異性朋友而暗自心傷，漸漸她開始接受，他其實並不是自己的誰，自己又哪有資格去在乎他與誰人結交？

雖然也有想不通的時候，她還是會感到可惜難過，但就算自己再失意，最後還是不會為這一件事情帶來任何轉變，那倒不如讓自己多一些去微笑，不要在乎執迷更多，至少會讓自己開懷一點，也不會讓其他關心自己的人擔心。

但偶爾，可兒還是會拿出他送給自己的曲奇，默默懷念。

以前，每當想念到寂寞、或感到失意，她都會吃一塊他所送的曲奇餅。

只是來到這天，盒子裡的曲奇，只剩下最後一塊了。

她看著這最後一塊曲奇，又想起阿哲那天的溫柔笑臉；她搖搖頭，心裡對自己說：是時候不應該再這樣下去了。

於是她將曲奇拿起，但就在此時，她忽然看見，曲奇盒的底部，原來藏著一個粉紅色的心形摺紙。

可兒放下曲奇，拿起了那顆心形摺紙翻看，上面沒有半點文字。她心念一動，小心地將摺紙拆開，然後讓她看到了，摺紙內裡埋藏的一個網址：

www.fb.com/HappyBirthdayToIsabelle

Never forget,
and you'll
never know.

於是她立即打開電腦，連上網路，在網址欄輸入這一個網址。不一會，她就看見了一個名為「Happy Birthday to Isabelle」的臉書專頁。

專頁裡有著幾張照片，都是她微笑時的模樣。

相片上傳的日期是在半年以前，是他離開往外國前的時候。

她心裡驚訝，不知道他在什麼時候，偷偷為自己拍下了這些照片。

相片裡的場景她都記得，是在朋友生日聚會的時候，還有後來他們相約一起去海邊拍照的黃昏……可是當時她一點也沒

有察覺，而自己明明是如此在意他的一切。

　　每一張相片，都捕捉了可兒臉上的喜悅、她的美，只是她心裡的震動也越來越強烈。她撥動滑鼠，繼續往下看去，最後她終於看到專頁裡，最初最初的一則貼文。

　　貼文裡沒有相片，就只有一行文字。

je t'aime

　　她默默看著這一句話。

　　貼文發布的時間，是他們最後一次見面的那個凌晨。

　　如今她終於知道，他的真正心意。

　　只是她也知道，一切都已經太遲。

　　從此以後都只會是，一段難以忘懷的回憶。

Never forget,
and you'll
never know.

Never forget,
and you'll
never know.

135

Never forget,
and you'll
never know.

12

冷待

如果不重要，又何必刻意去忘記，
如果不在乎，又何需假裝早已淡忘。

「你有看到我傳給你的短訊嗎？」

聽到這句話，文泰讓目光從電腦螢幕上移離，只見倩瑩不知何時站在自己辦公桌的旁邊，一臉怨懟地看著他。

文泰看了她的臉一下，冷冷地回答：「什麼時候傳過來的？」

倩瑩微微吸一口氣，說：「昨晚九點。」

「有嗎？」他看回自己的電腦螢幕。

「你應該有讀到吧，Line 裡寫著你已讀的。」

聽見她這樣說，文泰繼續沒有理睬。

倩瑩心裡感到有點委屈，但還是繼續問：「那你今天有帶回來嗎？」

「帶什麼？」

「之前借你的小說，我想借給另一個朋友，你有帶回來嗎？」

文泰轉頭看著她，欲言又止，過了一會卻說：「明天帶給你吧。」

「我約了朋友今晚見面啊。」她嘆氣。

「那下次再借給他也可以呀。」他也嘆氣，但是對著電腦螢幕嘆氣。

倩瑩看見他如此態度，心情變得更差，可是也無可奈何，最後只好回自己的座位工作。

心不在焉地看著電腦螢幕好一會，倩瑩又看一看遠處的文泰，他依然是一臉不在意的表情，似乎沒有察覺到她的偷望，又或是即使察覺到，也不打算理會。

倩瑩心裡有點苦，忍不住又回想起，這些日子以來自己一直煩惱的問題——為什麼文泰總是如此冷漠地對待自己？

倩瑩記得，最初在這公司認識文泰的時候，他是一位很好的同事，很照顧她，會常常和她說一些無聊的玩笑，讓本來不太適應這間公司的倩瑩，變得越來越投入這份工作。

那時候，他們會常常與其他同事出外吃午飯。有時其他同事沒空，兩個人又會結伴到遠一點的餐廳，吃比較豐富的午餐。下班了，偶爾兩人會一起吃晚飯，或到附近的戲院看大家都期待的電影。有時看電影看得晚了，文泰會提出送她回家，倩瑩總是會笑著答謝，兩人會在車程上談談笑笑，感覺輕鬆自在。然後第二天回到公司，又繼續是工作上的一對好夥伴。

直到某天，文泰忽然不再回覆倩瑩的短訊。上班時碰到面，他也是表現得冷淡。有時一群人在閒聊時，文泰對其他人的回應都很熱絡，但只要倩瑩一搭上嘴，他就好似變得聽不見了，又或是逼不得已地才會簡短回答。每次當倩瑩主動與他單獨說話，他的語氣也會隨即變得冷淡起來。如果是與工作上的事情有關，文泰依然會如常處理及應對，但也已經不再是以前般有笑有說地相處。倩瑩從他的語氣中可以感覺得到禮貌，但更深的感受

卻是沒有言明的冷漠，彷彿她變成了一個討厭的人，是做錯了什麼事情，才會得到文泰如此的差別對待。

但是這些日子以來，倩瑩已經回想過很多很多遍，自己是不是真的有做錯了什麼，而惹來文泰的討厭與生氣。是自己什麼時候說錯了哪一句話、是錯給了哪一個反應嗎？這些迷思，困擾了倩瑩無數個夜深。她試過傳短訊給文泰，想要去問清楚，或是希望再和他重新交好，但文泰很多時候都是已讀不回，只是之後她又會看見，文泰繼續在臉書裡按讚同事們的相片、在同事的留言裡說笑，反而對倩瑩的任何事情卻不會再有半點關注。

有時倩瑩會想，文泰表現如此，是真的很討厭自己吧？即使她是認真地將文泰視為自己的好朋友，想好好珍惜這份難得的緣分與情誼、讓彼此成為人生裡其中一個重要的人，但她越是靠近，他越是疏遠。是自己真的不懂得交友嗎？還是自己不值得去擁有他這一位朋友……每次想到這裡，她都會覺得何必要再這樣委屈自己，不如離開，可能反而會更輕鬆。反正她本來也有想過離開這間公司，希望在別的環境尋求更好的發展。

只是，她不捨得就這樣離開。

倩瑩又望向文泰的座位，他仍然在對著電腦埋頭苦幹。自從那天開始，他一直都沒有再回望過來。以前只要倩瑩一抬起臉望向他，他就彷彿感應得到一樣，然後就會見到他向自己裝鬼臉，又或是使個眼色、約自己一起去茶水間打發時間紓解疲

困。倩瑩一直都很珍惜這些微小的快樂時光，一直都會想，有可能再回去嗎？有可能讓一切從頭再來，也不要再像如今這樣，讓彼此漸行漸遠嗎？

又還是，這一切都只是自己的一廂情願，文泰根本就沒有心成為自己的好朋友，往昔再美好，也已經是過去的事；在這間冰冷的辦公室裡，完成工作才是最重要的事情，根本不需要附帶投入太多感情，就好像其他同事一樣，人來人往，總有天彼此都會成為對方生命裡不會再見的過客，是嗎？

想到這裡，倩瑩微微苦笑一下，拿起杯子，一個人往茶水間走去。

過了一會，文泰讓自己的視線，緩緩從電腦螢幕上移開。

轉過頭，望向倩瑩的座位，一直看著、看著。

然後吸一口氣，淡淡笑了一下。

其實這天，他有將小說帶回來。

其實昨晚，他有看見她的短訊。

其實，明明可以如常地將小說還給她，不用讓她感到為難。

也不必再用冷漠的態度，來和她對話和相處，讓彼此可以回到從前的自然地相處、說笑玩鬧的日子，繼續做一對好同事、好朋友。

文泰並不是討厭倩瑩。

只是那夜，在送她回家的那段路上，倩瑩忽然抬起了臉，

默默看著他，笑了一下，沒有說話，也沒有其他，卻讓文泰看得心裡呆住，同時間感到一陣久違的牽動與恬靜。他忽然明白，那一抹笑，埋藏了多少快樂，也有多美。然後他彷彿可以聽見，她的心跳聲，然後，他彷彿也聽見了，自己的心跳聲，以及嘆息。

如果可以，他有多想跟她分享，此刻自己的所思所想，甚至一切一切。如果可以，他有多想跟她一起延續這份共振，想告訴她，自己是無比慶幸，可以在這段路上遇上她這個人。

只是同時間，他心裡有一道聲音提醒，自己不應該再跟她這樣下去。

「在想什麼啊，是在想你的女朋友嗎？」

鄰座同事看見文泰像是想得出神的表情，向他開個玩笑。

但文泰心裡卻感到無比震動，緊張地收回目光，向同事尷尬地苦笑一下，然後讓自己的目光繼續專注在電腦螢幕裡。

然後，倩瑩從茶水間回來，文泰沒有讓自己再抬起過眼一下。

其實她並不討厭，也不值得讓自己如此冷待，他很清楚知道。

只是他也知道，不能再讓自己變得更喜歡她。就是如此而已。

13
/
正常

如果放下底線，如果不再堅持，

是否就不會被遺忘，是否就會換到一點認真。

晚上七點，婉兒如往常一樣，在這街角等待 Ryan 前來。

婉兒不時抬眼張望，又低下頭看手錶。其實離晚上七點，尚有兩分鐘時間。只是他們已經接近一個月沒有見面，因此她除了很期待之餘，心情也是無比緊張。

她很想念 Ryan。他們是一對男女朋友，在一起已經五年了。只是最近，兩人因為一件事情而一直冷戰著，電話也只通了兩次。其他時候，Ryan 都不會回覆婉兒的訊息，讓她這陣子變得無比消沉。

幸好昨晚，她終於接到 Ryan 來電。他在電話裡問，可不可以暫停冷戰，因為今晚是他們的一個好朋友生日，他們之前早已答應去為他慶祝。

婉兒心裡有點失望，因為他只是不想失約，才會主動致電自己。如果沒有這個原因，大概他也會繼續對自己這個女朋友不聞不問。

Ryan 見她一直沒有作聲、不置可否，於是用請求的語氣對她說：「有什麼事，留待之後再談好嗎？」

一個月前，如果聽到他如此請求，婉兒可能未必會輕易答應。

但最後，她沒有拒絕。一個月了，她想知道他有沒有什麼轉變。

會不會變好一些，會不會成熟一點。

「等了很久嗎？」忽然耳邊響起了一道聲音。

婉兒抬起頭，看見 Ryan 就站在自己前面。他的頭髮剪短了，穿著一身剪裁得宜的西裝，看上去很有精神，沒有半點為情所困的憔悴。

「不，我也剛到。」

她堆起了笑臉，平靜地回答。雖然手錶顯示，已經是七點十分。但十分鐘，是他向來的遲到時間。

「那好，我們走吧。」說完這句話，他就逕自轉身前行。

她默默跟隨著他，用他的步速，離他只有一個身位的距離。

記得以前，是沒有這一個身位距離的。他會伴在自己身旁，一邊走一邊談天說笑。

然後漸漸，兩人開始少了說話，漸漸，再沒有牽手、只顧看著自己的手機；再漸漸，兩人見面的次數越來越少，每次難得約會，反而更開始出現了這一個身位的距離。

曾經試過無數次，婉兒沒有留神跟緊，就失去了 Ryan 的身影。有些時候，婉兒還可以在不遠處的前方尋回他的影蹤；但也有些時候，她只能打電話給他，跟他說自己去了附近的洗手間，希望他會回頭來尋回自己。

Ryan 從來不會問，為什麼她會忽然消失不見了。彷彿，如果她突然自行回家了，他也是不會在乎一樣。婉兒試過問他，有留意到一直跟他身後的自己嗎？他卻回答說，他一直都感覺

Never forget,
and you'll
never know.

到她跟在後面，這樣不是已經足夠嗎？到最後更反而怪責她的小題大作，還說如果不想走失，只要跟緊一點不就行了。

好吧，沒關係，婉兒跟自己說。後來她漸漸適應了 Ryan 的步速，不會落後於他，也不會走過他的跟前。既然你不在乎我，我也不要讓你看到我的在乎。那時候婉兒是這樣告訴自己。即使她心裡一直都在期待，哪天他會終於明白自己的用心，哪天，他終於會停下來等待自己，並重新珍惜她這一個人。

可是這一等，已經差不多兩年。漸漸，婉兒幾乎都已經習以為常，忘記了曾經有過如此的執著。就好像此刻她跟在他的後面，即使已經有一個月沒有見面，但她還是可以用一樣的步速，跟在他的後面，沒有讓他離自己太遠。一切都很正常。

「最近好嗎？」

在等紅綠燈時，婉兒輕聲問他。

「還好。」

但是，他就只有兩個字的回答。

婉兒知道，他回答得如此簡短，這代表著此刻的他並不太想說話。但她心裡還是不敢太肯定，於是又再開口：「明天週末，你要上班嗎？」

「要。」

這次只有一個字。於是婉兒也不再開口。

彷彿很冷淡，但她並沒有太過介懷，因為這是他們平常的

相處方式。其實跟之前一樣，沒有半點改變。一切都很正常。

來到了與朋友聚會的餐廳，Ryan 才牽起了婉兒的手，推門進內。婉兒終於重新感受得到，他手掌的觸感。只是一會兒，他們就找到了朋友的位置，四男四女坐在餐廳角落的長桌。於是 Ryan 牽著她走到角落，並在她對面的位子就坐。

「為什麼這麼遲啊？」朋友們笑嚷。

「等人嘛。」Ryan 簡單地笑答，望向婉兒。

「一定等很久了。」朋友們的目光也都隨之望向婉兒。

婉兒知道，大家都會認定，Ryan 是因為等自己，才會遲到。她知道的，但是她也不想辯解，因為她自己也已經太習慣他這一種說話方式。

很多時候，明明是他的問題，但是他不會乾脆承認。就算錯了，也會將責任說成是與別人有關，而他自己彷彿就只是一個旁觀的人。例如他遲到，他只會說是交通問題，不會承認他沒有把握好時間。例如他忘了某個承諾，他會說是有太多事情需要先處理，不會坦白說自己真的忘了、甚至沒有打算去兌現承諾。即使有時候，大家都清楚明白是誰的問題或責任，但他還是擅長顧左右而言他，盼你自己淡忘、消氣，不再對他追問，不再逼他面對。

「對了，你們什麼時候結婚啊？」

席間，有朋友這樣笑問他們。

Never forget,
and you'll
never know.

婉兒看著 Ryan，他卻只是抿著嘴，微笑回看她。從其他人的眼中來看，那大概會是一種情侶之間盡在不言中的會心微笑。但她心裡知道，他只是想將這個問題，交給自己來回答。他根本還沒有認真思考過，什麼時候才會和自己結婚。

　　「還未有打算啊，再過多幾年吧。」最後，她微微苦笑回答。

　　「你們一起已經很久了啊？怎麼還不結婚呢？」旁邊的朋友起鬨追問。

　　婉兒繼續露出苦笑，想要回答，心裡卻想不到半個藉口，在大夥兒的熱切眼光之下，最後就只懂得輕輕搖頭。

　　「你們不要逼她吧。」這時 Ryan 忽然插話，一臉溫柔地說：「如果可以，我希望存多點錢，然後三年後結婚，不過終究還是要等婉兒準備好，我們也要再好好商量。抱歉要大家再等一下了。」

　　大家聽見 Ryan 這樣說，都是一輪稱讚，讚他體貼、有計畫。婉兒沒有說話，微微低下頭來，彷彿如以前一樣，在配合他演的這一場戲，自己是一個被他寵愛的女朋友。但這一次，她忍不住問自己，三年後，真的會可以跟他結婚嗎？

　　以前，她是真的有問過他，什麼時候會結婚。以前他總會回答，現在還不是適合的時候，要存多一點錢，要買屋要養車，不如先同居吧。但她不想同居，於是他就說，那就再等多幾年

吧，幾年後事業上了軌道後，就會和她結婚。

只是這些話，聽了一年又一年，然後幾年過去，他都沒有再重提，她自己也不想再問。

到了現在，他對朋友們提供了一個限期，三年後。她知道，這不是他真心決定的計畫，三年、幾年，也只不過換了一個數字罷了。而且三年後，又有誰會記得他這晚說過什麼？會記得的，大概就只有自己，而其他人也是這段關係以外的外人，即使會記得，也無權去過問。

最後會繼續不開心的，也是只有自己。

後來，為朋友唱完生日歌、吃了蛋糕，聚會完了，大家各自散去。Ryan 跟朋友說要送她回家，然後兩人就往停車場的方向走去。依舊是他走在前面，低頭滑手機；依舊是她跟在身後，一個人想得太多。

在走到停車場前，Ryan 忽然停下腳步，轉身開口問：「這晚玩得開心嗎？」

婉兒望著他，他的眼光在手機螢幕上徘徊。

「你覺得呢？」她反問他。

「我覺得不錯呀。」

「那你覺得我開心嗎？」她平靜地。

「開心。」

他依然沒有望她。

Never forget,
and you'll
never know.

一雙眼睛，依然在看著手機。

「你覺得現在，是正常嗎？」

她又問他。

「正常呀，怎麼會不正常？」

他理所當然地回答。

「所以，我們現在就是和好了嗎？」她苦笑。

「我以為你想和好。」他終於抬眼望她。

「你以為？」她有點憤怒，想起沒有見他的這一個月裡，自己一個人是如何捱過這些日子。

「難道你想又再大吵一架，然後不見面嗎？」他重重地嘆氣，一臉厭倦地看著她，又問：「可不可以不要這樣？」

聽到他這樣說，她一時說不出話來。這時他的手機響起了鈴聲，他立刻接聽了，婉兒感覺得到，他的聲音是如何溫柔：「是了，我在街上，等會再打電話給你好嗎？嗯，很快的了⋯⋯」

一個月前，婉兒發現到他跟另一個人在曖昧。Ryan 似乎也不在意被她發現，在約會的時候不時與別人講電話，就像現在這樣。她一直默默忍受著，等到他終於講完電話，她問 Ryan，是不是喜歡了另一個人。他卻說是她想得太多。婉兒忍不住揭穿他，有朋友在街上碰見他跟另一個人在親熱。Ryan 聽到後惱羞成怒，最後兩人大吵一場，他打了她一巴掌，她感到無比委屈，

最後轉身離開。就是自那天之後，兩人再沒有見面，直到這一晚，直到此時此刻。

一切都沒有改變，一切都繼續如常。

她靜靜聽著他跟別人通話，直到他終於掛線。他收起手機，回看站在一旁的婉兒，堆起了笑臉，並主動牽起她的手，說：「走吧。」

是第二次，這夜接觸他的體溫。

但她如今卻感到無比的陌生。

她甩開他的手，輕輕說：「我自己回去就行了。」

然後她轉身就走，然後她感覺得到，他沒有追上來，也沒有說一句話挽留。她一直走一直走，直到走到一個暗角，她轉身回望剛才兩人所站的位置，他已經消失不見了。

就像上一次一樣。

一切都沒有改變。她知道。

她其實早應該知道。

Never forget,
and you'll
never know.

154

Never forget,
and you'll
never know.

155

Never forget,
and you'll
never know.

14

生疏

只可惜，就算如何念念不忘，
也不等於對方會給你一個答案，或出口。

夜深，手機響起了鈴聲。

我看著它，聽著熟悉的聲音，心裡竟然有點陌生的感覺。

鈴聲是我親手設定的，是我最喜歡的一首歌裡，其中最動人的一段副歌。

而陌生的原因，是因為這段鈴聲，已經有很久很久沒有響起過。

我默默地聽著，兩秒、五秒、十秒，最後鈴聲終於響完，那通來電被轉進語音信箱。

手機的螢幕顯示有一通未接來電。來電者的名字，是許洛。最初認識他是一年前，當時我們都剛好出席了一個朋友的生日派對。他坐在我的旁邊，我喝錯了他的飲料。就是這樣子開始。

後來我偶爾會回想，如果不是那一次生日派對，我們本來是不會有任何交集。我和許洛其實是兩個不同世界的人。他的工作都與我無關，我的生活他本來不感興趣，我們根本就不可能會相遇或認識，也別說會有之後的發展。

是有多久沒有聽到這一段鈴聲？上一次，是聖誕節之後的第二天夜深。以前他都習慣在夜深的時候才會致電給我，或者是他以為我這個時段比較有空吧……雖然我都不能知道真正的原因，以前我也沒有想過要去問他。

之後，也是沒有機會再去過問更多。

我將視線從手機移開，但想不到下一秒鐘，鈴聲又再次響

起，螢幕又再次顯示出許洛的名字。

彷彿是不死心，想要找到我，還是……

「喂。」

最後，我還是接聽了。

「未睡嗎？」

依舊是他一貫輕柔的聲線，依舊是那樣體貼的開場白。

「還沒睡，你呢？」

「睡不著。」他苦笑了一下，然後又說：「心血來潮，想找人說說話，於是就打電話給你……會打擾你嗎？」

不是不死心，或許就只是找不到其他人，才剛好找到我而已。我輕輕吸了一口氣，讓自己笑著回答：「不會。」

「你近來過得好嗎？」

「都好，每天都過得很充實，雖然工作很忙，但下班後也有和朋友見面約會。最近我還打算工餘時上大學進修，時間漸漸開始變得不夠用。」

我努力地讓這番話說得自然，不想讓許洛發現任何破綻。卻想不到他聽完後，就只是輕輕回應了一句：「是嗎？真的辛苦你了。」

然後，我們開始沉默了。

以前每一次的開場白，總是會這樣的。他會首先問我的近況，但其實他並不是真正關心我的事情，而是希望等我去反問

他的近況、他最近遇到些什麼問題。如果我不去問他，他就不會再說什麼，那段通話就會莫名其妙地變得尷尬起來。

我心裡嘆氣，最後還是開口問他：「你呢，你近來過得好嗎？」

「都一樣。」他輕輕苦笑了一下，忽然又說：「我覺得，自己總是不能明白她的想法。」

許洛口中的「她」，是指 Shirley。半年前，他們在另一場朋友的生日派對裡認識。Shirley 是一個外表很討好的女生，說話時總是帶著吸引人的笑容。那一次生日派對，本來也有邀我出席，只是後來因為工作上突然發生了一點意外，我最後還是趕不及參加。但是我知道，那一晚他們都玩得很高興。許洛與 Shirley 也是在那天之後，開始變得熟稔起來。

「其實，又有誰會真正完全了解另一個人呢？」我回道。

「我已經很努力地想要去了解她。」

「你們之前不是經常會見面嗎？」

他像是不知道如何回答，最後就只是嘆氣說：「最近我們比較少見。」

「是你們都很忙嗎？」

「我也不知道原因。」

是淡了吧，我知道的。很多人都是這樣。半年了，最初相識時的新鮮好奇、美化假象，隨著變得越來越熟悉了解，很多

人都會開始反思，是否值得跟這一個人交往下去。如果彼此都覺得對方適合，自然就會表現得想去發展，繼續如常地見面與聯繫；如果不適合，開始減少見面，讓一切漸漸歸於平靜，其實也是很平常不過的發展。大部分的關係，都是這樣萌芽或終結的。

我打趣說：「少見一點也好，這樣你就有時間去找其他朋友了，是嗎？」

他卻默然了好一會，最後說：「但她是我很重要的朋友。」

「有多重要？」

問完之後，我心裡就有點後悔。我是不應該這樣問他，我是不應該去自取其辱……

「她……她，很重要……比任何人都重要。」

呼。

「那麼，你有讓她知道嗎？」我問。

「我想，她應該知道的。」

「為什麼不直接告訴她？」

「其實以前，我們也有說過類似的話題。」許洛沉默了一下，像是在回憶以前的事情，過了一會才說下去：「她曾經也說過，我是她最好的朋友，只是現在她卻不會再來找我而已。」

我忽然想起，他也說過我是他最好的朋友。

只是原來，我並不是他最重要的朋友而已。

「這些話是在什麼時候說的呢？」

「大約……三個月前吧。」

「那時你們的感情，一定比現在要好吧。」

「是的。」

「為什麼你不去追求她呢？」

「我只是希望和她做一對好朋友呀。」

聽到他這樣說，我心裡不由得有點生氣，問他：「上次你打電話來的時候，我不是跟你說過嗎，怎會有這一種好朋友？」

他卻恍似完全不記得我們以前的對話，低聲反問：「這一種好朋友？」

我調整了一下呼吸，緩緩地說：「每天通電話、傳短訊、經常約會見面，而且還要是不短的時日了，在一對男女之間出現這樣的情況，就真的只會是好朋友的關係嗎？」

「可是……我和你以前不也是這樣嗎？那時候，我們也是在每天深夜裡不時傳短訊、講電話……」

他一直逕自說下去，我的心口卻有如被重擊了一下，說不出話來。

「其實……我從沒要求什麼，也不敢再煩她、打擾她，最近我連短訊也不敢傳給她了，就只想等她有空時會記得我、會打電話給我，這樣就已經足夠。」

我默默聽著，努力讓自己的呼吸保持平靜。

「只是為什麼，她還是沒有打電話給我呢？」

那為什麼，你還是會打電話給我呢？

「可能，做朋友也是需要緣分吧。」

最後許洛這樣苦笑總結。

我心裡輕輕嘆息，說：「我想指出一點，做朋友，並不需要讓自己變得這麼卑微的。」

「是有點不正常，但也不是每一段友情，可以一直維持對等的關係呀。」

「不如承認吧，承認你自己其實是喜歡她。」

「為什麼要去承認我喜歡她？」

「如果你喜歡她，就好好地去追求對方，不要只是在一旁空等。」

「但我們只是朋友吧，這樣會破壞我們之間的友誼。」

「但你什麼也不做，你們這一段所謂友誼，最後也是會漸漸褪色的。」

「我不是什麼也不做呀，就只是不會去追求她而已。」

「你從沒有想過嗎，在最初，對方可能不只是想跟你有朋友間的發展，還會有愛情關係的發展？」

「你怎麼想得如此複雜？」他的語氣，讓我感到有點洩氣。

「就當我想得複雜，只是當一段關係，最初的起點是為了愛情，當有天終於發現對方原來不適合發展愛情關係，那種突

Never forget,
and you'll
never know.

然的清醒，可以讓一段本來似乎不錯的關係瞬間冷卻，即使其實兩個人之間本身還可以做一對很好的朋友，但本身希望追求愛情的那一方，不會覺得自己有需要繼續維繫那段友情的責任與義務⋯⋯」

「你好像很有心得似的。」許洛突然插口。

「因為我自己經歷過。」

「和誰？」聽他的語氣，是真的好奇；但是我也知道，他不是真正在乎，也不會想知道真正的答案。

「和誰並不重要。我想說的是，就是因為會有這種反差，所以有時候就會出現，昨天還是跟那個人相處得很愉快，但第二天之後就變得生厭、不想理會對方，不想讓彼此沉淪在這一段不預期要發展的友情關係，然後兩人就會開始變得少溝通、隔閡越來越深⋯⋯即使其中一方是有多珍視這段關係，而另一方也會表示大家仍是好朋友，但到最後，大多數人還是會漸漸變得越來越疏遠。」

許洛一直沒有作聲，忽然他說：「你好像感觸很深似的。」

「有嗎？」

「但是，如果這樣想的話，做這一種朋友也未免太辛苦了。」

是啊，就只是你不知道這種民間疾苦而已。

接著，他這樣說：「謝謝你跟我談了這麼多，我會認真地

想一想。」

　　「嗯。」

　　「不早了，不打擾你了，晚安。」

　　「嗯。」

　　然後他就乾脆地掛上電話。

　　我看著手中的手機，回想著剛才半小時裡，我們有過的那些對話；然後又忍不住想起半年前，跟他有過的那一段對話。

　　「為什麼很多時候，一對朋友會忽然變得疏遠呢？」

　　那時候，我這樣問許洛。我已經不記得，為什麼自己會跟他說起這個話題。

　　只知道，那時候我們無所不談，那時候，他喜歡去了解我的胡思亂想，甚至一切。

　　「我覺得，如果是真正的好朋友，就應該不會突然變得疏遠吧？」那時候，許洛是這樣回答我。「既然是朋友，就應該坦誠交心，若是心裡有什麼想法或感受，都應該好好地直接跟對方溝通嘛。」

　　「那麼，我們是不是可以因此而推論，會疏遠的，就不是真正的好朋友，甚至不是真的想跟對方友好……他們之所以會成為朋友，也許是因為別有用心？」

　　說完，我偷偷看了一眼許洛的臉，忍不住笑了起來。

　　許洛也微微地笑了一下，說：「又也許，兩個人會變得疏

遠，是因為他們沒有找到更好的溝通方法，就算心裡有很多話想告訴對方，但是也不知道應該如何開口。」

我默默思考著他這番話的意思，然後說：「但是有些話，始終是不能夠跟對方直接表達呢……」

「例如？」

「例如……」

「唔？」

然後，許洛的雙眼定定地看著我。

依然是他一貫的溫柔笑臉，依然是可以讓我感到安心的目光。

後來有多少次，有多少個無法入睡的夜，我都後悔自己將話題，如此帶過：

「對了……明天的生日派對，你會去嗎？」

「你呢，你會去嗎？」

「我下班之後就會去。」

「你去，我就去。」

「嗯。」

後來，因為不能準時下班，我沒法去生日派對。

後來，這一張笑臉，我也無法再親眼看見。

後來，許洛沒有再在夜深裡致電給我。

聽說他始終都沒有去追求 Shirley，就只是和她繼續做一對普

通的朋友。

　　而我和他……

　　已經沒關係了。

Never forget,
and you'll
never know.

Never forget,
and you'll
never know.

169

Never forget,
and you'll
never know.

15

偶 遇

就算曾經再深刻再難忘，

對方始終只會是生命裡的一個過客，沒有其他。

人來人往，有些相遇或許是早就已經註定，有些別離，也只不過是讓彼此提前認清楚，就算曾經再深刻再難忘，對方始終只會是生命裡的一個過客，沒有其他。

　　只是我們偶爾還是會為一些過客，在心裡繼續默默留下一個位置。

　　希望有天，如果幸運地偶遇對方，可以讓彼此再次一起延續，那一個未完的故事。

　　即使你其實知道，那一個人是不可能再回來這個位置。

　　即使這一天，你還是依然如此希冀，然後又再一次讓自己悵然若失。

Never forget,
and you'll
never know.

　　●　　●　　●

　　「咦，Cherrie，這麼巧？」

　　Cherrie抬起頭，只見到有一個男人，正在不遠處的街道上，看著自己。

　　她心裡呆了一下，過了一會才懂得反應，笑著應道：「Lucas，你怎麼會在這裡？」

　　Lucas莞爾，說：「我的公司就在這附近嘛，你忘記了嗎？」

　　Cherrie又出了一會神，才回道：「呀，是啊，上次我有去過你們公司開會⋯⋯不好意思，我竟然忘了。」

「沒關係。」Lucas 心裡嘆一口氣，但還是繼續保持著笑臉，問她：「這天你來這區，是有什麼事嗎？」

　　「我剛剛去見一個客戶，正打算回公司去，卻……」

　　他留意得到，她的目光有點猶豫，想了一想，於是問她：「你是想去地鐵站嗎？」

　　「是啊，但是我不知道應該怎麼走，才可以去到地鐵站……這一帶的路我不熟悉。」說完，Cherrie 忍不住苦笑了一下。

　　「那你剛才是怎麼來的？」他忍不住笑問。

　　「計程車。」她簡短回答。

　　「哈哈，我帶你去地鐵站吧。」

　　「唔……不用了，你也正在上班吧。」

　　「沒關係，這天的工作不忙。」Lucas 笑了一下，然後移動腳步：「往這邊走吧。」

　　Cherrie 不好意思拒絕，只好隨著他的步伐前行。

　　Lucas 一邊領前，一邊偷偷留意 Cherrie 的臉，過了一會，他問：「近來工作順利嗎？」

　　「還不錯。」

　　「聽說你們公司最近贏得不少廣告大獎呢。」

　　「嗯，都是同事們努力的成果。」

　　「你還是那樣謙虛……對了，之前你介紹給我們的攝影師，我們老闆很喜歡他的作品呢，真希望將來可以再請他幫我們的

新產品拍照。」

「好啊，如果你有需要，我可以幫你聯絡他。」

Lucas 停下腳步，轉身對她說：「那我就先跟你說聲謝謝了。」

Cherrie 微笑點了一下頭，沒有回答，也沒有停下腳步。

然後，兩人之間只剩下沉默，他繼續領前，她繼續跟隨。

Lucas 不是感受不到，Cherrie 對他的態度有點冷淡。

她會回應自己，也許只是因為禮貌，只是因為要保持商業合作往來的一種客套。

這天可以碰巧偶遇，應該不是她本來的預期吧。

只是他還是會感到有點失落。

「對了，你還記得嗎？」Lucas 回看 Cherrie，笑著說：「上次你來這裡開會，會議完後，我們到附近的一間餐廳吃晚飯。」

Cherrie 聞言，臉上最初像是有點茫然，過了一會她才露出笑容，回答：「我記得。」

「那時候，你說那間餐廳的意粉很好吃，希望下次可以帶朋友去品嚐。之後你有帶朋友再去嗎？」

「沒有啊，後來一直都在忙，我都忘記了這件事情。」她抱歉地笑了一下，又說：「希望之後有空的話，可以再去吧。」

「嗯，但我想告訴你一個壞消息。」

「什麼壞消息呢？」

「那間餐廳，上一個月已經結業了，現在換了另一間餐廳，他們的主廚也已經回到義大利了。」

　　「是嗎，那真可惜。」

　　雖然 Cherrie 這樣回應，但是 Lucas 明確感受得到，她語氣裡的言不由衷。

　　也許，她其實已經忘記了。

　　忘記曾經在那間餐廳裡，和自己共進過一場氣氛不錯的晚飯；也忘記了，那天他們晚上的無所不談、天南地北，彼此都為遇上一個可以交心的朋友而感到高興。

　　又也許，不是她忘記了，而是自己一直在一廂情願吧？Lucas 忽然發現到這個真相，其實她根本不在乎，就只是自己一個人單方面地想得太多。大家本來就只是公事上的朋友，認識本來不深，她會保持距離也是應該的，自己投入太多期望，才是不正常。

　　然後，在他一直胡思亂想期間，他們還是走到了地鐵站。

　　「謝謝你送我呢。」

　　Cherrie 回頭，對他禮貌地笑說。

　　他心裡嘆息，但還是讓自己繼續保持微笑，回道：「之後有空，我們再約吧，我還想聽聽廣告界的最新發展呢。」

　　「好呀，我們再約。」她對他揮揮手，說：「再見。」

　　「嗯，再見。」

Never forget,
and you'll
never know.

然後她沒有回頭，就步進車站的大堂。

他看著她遠去的背影，佇立了一會，最後還是微微搖頭，往公司的方向走去。

• • •

小學六年級的時候，Cherrie 曾經喜歡過一個男生。

那個男生，是她的鄰班同學。平時兩人沒有什麼交集，但是不知為何，她每天都會忍不住留意那個男生。

然後越是留意，就越是念著。

後來幾經轉折，才知道他的全名，叫陳兆謙。

那是在畢業之前，冒昧地要他簽紀念冊的時候。

還記得他那時候，一臉沒所謂的笑臉。她後來一直後悔，自己當時為何沒有和他合照。

之後，他搬了家，去了另一區的中學就讀，從此就沒有了聯絡。

她的初戀，就這樣無疾而終。

直到很多年後，她都幾乎已經忘記了這一段初戀，有一天，在一次與客戶的會議裡，她認識一個叫作 Lucas 的男人。

她總覺得，這個男人給予自己一種很特別的感覺，總覺得和他已經認識好久好久，總覺得……

他就是某一個自己曾經錯過了的人。

然後，在會議完結後，他邀請自己一起吃晚飯。然後，在那一場晚飯裡，她無意中發現，原來他跟自己讀同一間小學，原來，他就是以前自己曾經喜歡過的陳兆謙。

想不到十多年後，自己竟然可以再遇上這一個男生。

只是如今，她已經有一位不錯的男朋友。

只是她也留意得到，他左手的無名指上，已經圈著一枚戒指。

自此之後，她不再讓自己和他有任何聯繫，與工作的相關事宜，她都會轉交給其他同事負責。

但偶爾，當她去到他公司的附近，或是他們以前去過的那間餐廳，她還是會禁不住佇立一會，默默緬懷。

如果那天，他們沒有重新再相遇，如果這天，還是會有機會再偶遇……

只是她想不到，這一天自己真的在這裡，幸運地偶遇到他，並一起再走上一小段路。

但是她知道，有些人其實是不應該再見。

就算自己心裡依然會為這一個人，保留著一個特別的位置，但有些事情真的不可勉強。喜歡一個人，不一定要見得到對方，不一定要守在對方身邊，這份感情才可以延續得下去。

就算以後就只有自己沒有忘記這段曾經。

Never forget,
and you'll
never know.

但只要知道，他依然快樂安好，只要可以繼續自在地思念
這一個誰，那就已經足夠。

Never forget,
and you'll
never know.

16

牽手

來到這天，你還記得嗎，

我們曾經說過不要輕易放開，對方的手。

近來，在我們上街的時候，偶爾你會牽著我的手。

牽我這一位，前女友的手……

「喂。」

「嗯？」

你側過臉來看我，我沒好氣，用自己的手，「牽起」你的手。

「啊，對不起。」

你笑笑吐舌，將我的手輕輕放開。

變回單純朋友的兩個人。

分手，其實從來沒有人正式提出過。

是淡了，是不知不覺，還是一切都只不過是，順其自然。

由原本每天會聊幾次電話，早午晚及臨睡前一次，到後來變成有需要時，才會撥對方的電話。

由原本每星期見面兩至三次，變成一星期一次、兩星期一次。

約會的時候，也漸漸不會再接吻或擁抱了。

就只是依然會牽手，你的右手，牽我的左手。

就只是這一個習慣，始終沒有改變。

然後直到，我又交了新的男朋友。

「買這件好不好？」

我拿起一件沒有衣袖的襯衫，問你。

「算啦，買了你也不會穿嘛。」你嘆氣，看著我搖頭。

「為什麼我不會穿？」

「到時你會說，沒衣袖會顯得手臂肥胖，領口低又容易走光，然後就會被你塞進衣櫃的深處了。」

聽著你這樣子不太留情面的揶揄，不知為何，每次我始終都不會感到生氣。

最多就只會瞪你一眼，或佯裝黑臉給你看。

或許是因為，你畢竟是跟我一起生活過五年的人吧。

又或許是因為，我仍然未找到一位，比你更了解我的另一半。

每次與別人分手後，又或是身邊沒有其他異性的時候，最常陪在我身邊的男生，就是你。

即使我待你總是冷冷的，對你的事情也常常表現得不太在乎。

但你依然願意在我有需要的時候，來到我的身旁。

然後彷彿如未分手的那時候般，體貼溫柔耐心地關心我、保護我。

「好了，之後要去哪？」

離開服飾店後，你問我。

「唔……你決定吧。」我看著你，笑著回答。

你抬頭想了一會，然後又牽起我的手就走。

Never forget,
and you'll
never know.

跟一般男生不一樣，你的手掌不大，皮膚也不粗糙，有點兒像女生的手。

　　在街上牽手的時候，你的手腕會隨著對方的手腕而微微晃動，不會令對方感到不舒服，也不怕會突然捉不緊而鬆脫。

　　過馬路的時候，你會稍微用力地牽緊我；若我想騰出雙手處理一些事情，你總會在我示意前先放開手。天熱時，你偶爾會去牽我的右手，過一會又再牽回我的左手。天冷了，每次你手心傳來的暖意，都會讓我內心有一種安定、想依賴的感覺。

　　被你牽著，其實感覺真的很溫暖、很窩心。

　　即使，我已經不是你的女朋友了。

　　「喂。」

　　我喚你。

　　「嗯？」

　　你側過臉看我。

　　我笑著問：「為什麼你總是喜歡牽我的手呢？」

　　你的神情像是有點呆住，然後又記起，此刻你正在牽著我的手。你輕輕苦笑了一下，然後才說：

　　「對不起……大概是習慣成自然吧。」

　　然後，你的手指像是想要鬆開。

　　只是下一秒鐘，我立即捉緊了你的右手。

　　你凝看著我，卻沒有說什麼。

我也沒有說話，就只是繼續與你向前走。

牽著手。

觀賞一場電影，吃喜歡的零食，乘上巴士回家。

都一直牽著手。

直至，來到我家門前，我微笑跟你說：

「下次，讓我見見你的新女朋友吧。」

你輕輕地呼氣，有點落寞地笑了一下。

然後終於，輕輕地放開了我的手。

後來，我始終沒有見過你的女朋友。

或許是因為，後來我也沒有再見過你的緣故吧。

又或許是因為……

「喂。」

「嗯？」

我看著被你牽著的手，你看著我微笑了一下，然後輕輕地放開我。

其實如果我真的想要放手，你每次都會在我示意之前，比我先一步放開手。

只是每一次，我又因為你不小心忘了而被你牽手，你都總要我開口示意提醒。

只是每一次，你又因為不小心忘了而牽起我的手，我都不會躲開或掙脫拒絕。

是我原來不捨得失去你，是你其實也不想放開我的手，是因為你是我最依賴的同伴，是因為我是你第一個喜歡的對象，還是我們仍然在自私地貪戀從前有過的快樂與溫柔，還是我們始終都不想長大、不想這段關係這個故事就如此無疾而終……我不知道。

　　但在那無數個離別夜裡你始終沒有向我作過半點挽留。

　　但最後你的手還是牽起了另一個人的手……

　　好緊，好緊。

Never forget,
and you'll
never know.

17

猜到了

從熟悉變陌生，過程可以很短暫，
只是那點刺痛，卻可以無比漫長。

總有些問號，或許永遠都不會知道真正的答案。

而就算，終於讓我們猜到了答案，但有時也已經於事無補……

·   ·   ·

十一月二十一日，凌晨一點十五分。Calvin 於臉書裡宣布，與 Elaine 正式交往，成為男女朋友。

兩人的親友們都紛紛道賀，轉眼間就有百個多按讚與留言。

然後在凌晨三點零九分，Sally 在那則貼文裡，留下一個笑臉符號。

沒有其他文字，就只有一個最普通常見的笑臉。

·   ·   ·

「為什麼今早凌晨，你會在我的臉書貼文裡，留笑臉給我？」

第二天午飯時段，Calvin 在大學的飯堂用膳時，忍不住問 Sally。

Sally 放下自己的三明治，看了看他，反問：「你是說哪個貼文啊？」

Calvin 臉上有點尷尬，說：「我和 Elaine 在一起的貼文。」

「哦⋯⋯」Sally 抬頭想了一會，然後低下頭來看著他，又再反問：「留笑臉有什麼問題啊？」

「沒什麼⋯⋯只是有點奇怪罷了。」

他回道，雖然心裡尷尬的感覺大於奇怪。

認識 Sally 已經兩年了。自從在大學的迎新營，兩人被編為一組開始，他們就一直出雙入對。

後來也曾經被不少同學誤以為，他們是一對。當然每次他們都是笑著否認，偶爾他們之間也會以此來取笑彼此。

Calvin 一直將 Sally 視作最好的朋友，只是他一直都不能確定，她是否也有一樣的想法。

然後有天，他在晚上兼職的機構裡，認識了比他小一歲的 Elaine。他相信自己找到了理想對象，並展開追求，幸運地，Elaine 也喜歡他，於是兩人很快就成為了一對情侶。

而他之前一直都沒有向 Sally 提過，有關 Elaine 這個人。

不是有心不提，就只是時間總是不對⋯⋯Calvin 是如此想的。

「我不可以留笑臉嗎？」

Sally 一邊吃著三明治，一邊問他。

「不是不可以。」

Calvin 只能這樣回答。直覺上，他感到 Sally 是在生氣。

Never forget,
and you'll
never know.

這兩年來，他從沒有遇過，她這天所表現的語氣與態度。

平時每次碰面，她都一定滿臉笑意，不像現在那樣淡然冷漠。兩人一起午飯時，也總是話題不斷，從不會有任何冷場。

但此刻她就只是默默吃著三明治，沒有再跟他交談一句。

他猜不透，這一個自己沒有遇過的她。

Calvin 默默看著她吃完三明治，喝完自己的檸檬茶。然後，Sally 忽然看著他，微笑說：

「恭喜你們呢。」

然後在他來不及反應時，站起身，捧著餐盤離開。

他看著她遠去的背影，心裡更確信，她是在生氣。

只是他不明白，她為什麼要生氣。

後來，他與 Sally 的關係越來越疏遠，即使在課堂裡碰面，她也不會再跟自己打招呼。

有一段時間，他曾為此而耿耿於懷，不明白為什麼兩人會突然不再友好。

只是後來，他跟 Elaine 的發展越來越好，他將所有心神時間都放在女朋友身上，對 Sally 的那一點的不解與遺憾，最後也終於被他拋諸腦後。

●　●　●

兩個月後的一個晚上，Calvin 登入了，自己用作登記臉書帳戶的電郵信箱。

　　平時他很少登入這個電郵信箱，因為這是很多年前註冊臉書時所用的電郵，後來他都改用功能更齊全的 Gmail。這次會登入，只因為他錯手刪除了別人在臉書裡傳給他的重要訊息。

　　因為 Calvin 以前有在臉書設定訊息提示功能，只要別人留言或傳訊息給自己，臉書的系統都會自動傳一封提示電郵到這個信箱。他希望在傳到電郵的訊息提示裡，看看能否找回那一個訊息的內容。

　　幸好，他不一會就找到了那個訊息的提示電郵，於是立即將訊息內容複製記下，並打算登出電郵做其他事情。

　　但在快要登出的時候，他瞥到信箱內其他郵件的主題裡，有一個熟悉的名字。

Sally Kwok

Sally Kwok commented on your status
「天氣涼，就穿多點衣服喔！」

Sally Kwok commented on your link
「我覺得徐佳瑩的突然好想你更好聽啊 :)」

Sally Kwok commented on a photo of you on Facebook
「你快點換過另一張照片吧，你這張自拍照一點都不好看

啊！:P」

Sally Kwok sent you a message on Facebook

「沒什麼，只是想問你，明天你有沒有興趣下課後看電影……」

Sally Kwok commented on her status

「多謝關心:)」

Sally Kwok commented on her status

「在心中:)」

Calvin 一直翻看著，有著她的名字的提示電郵。

整個信箱頁面，大半數的電郵裡，都有著她的名字。

過去，她在他的臉書裡，曾經留下過如此多的足印。

只是如今卻不知為何，她沒有再來留言，甚至不再與自己接觸。

他輕輕嘆氣，打開最後一次，有她名字的提示電郵。

Sally Kwok commented on your changed relationship status

「其實……我一直都喜歡你」

看到這一句話，Calvin 呆住了。

為什麼自己之前在臉書裡，從沒看過這個留言？

收到電郵的時間，是十一月二十一日的凌晨三點零一分。

怎麼自己沒看到這個留言？

「但是，你始終不知道……」

留言時間是，凌晨三點零二分。

「可能你就算知道，你都不會喜歡我的，我知道」

凌晨三點零三分。

「如果會喜歡我，如果我們有可能，早就應該在一起了」

三點零五分。

「而且如今，你都有真正喜歡的人，

　　因此，我會心死。祝你們幸福　　」

零六分。

「:)」

最後的留言時間，是凌晨三點零九分。

他看著這些自己一直沒有察覺到的留言，心裡不禁惘然。

她原來是在自己的臉書貼文裡留言後，再將之前的留言刪除嗎？

就只留下笑臉，就只讓他看到，最後的笑臉。

終於解開一直藏在心裡的謎題，可是他實在高興不起來。

若不是自己有設定訊息提示功能，他可能永遠都不會解開這個問號。

只是她又知不知道，他的 facebook 是有設定訊息提示功能？

如果她知道，自己一向有這種設定；如果她知道，自己有

機會登入這個電郵翻看⋯⋯

　　但他轉念又想，或許她根本就不知道這個設定，一切不過是他自己的一廂情願。

　　但是自己直到如今才發現這一切，而她已經離自己很遠很遠。

　　越是這樣細想，他的內心越是悁然。

　　還可以補救嗎？還應該補救嗎？

　　過了良久，Calvin 拿起了手機，輸入了一組號碼並撥出，不一會，對方就接聽了。

　　「喂。」

　　是她的聲音，他如今仍然清楚記得。

　　但當中所蘊含的陌生與冷漠，讓他在一瞬間喪失了所有力氣。

　　「打錯了，對不起。」

　　最後他這樣說，並立即按下終止通話的鍵。

　　她看著自己的手機螢幕，看著剛剛來電的手機號碼與名字，默然。

　　心裡猜想，為什麼他會再打電話給自己。

　　是因為他終於發現了嗎？

　　還是他真的只是不小心，打錯了⋯⋯

她緩緩抬起頭，向夜空輕呼一口氣。

猜不猜得到也好，如今都不再重要了。

Never forget,
and you'll
never know.

Never forget,
and you'll
never know.

Never forget,
and you'll
never know.

18
/
巧合

　　也許到頭來，我們的相知相遇，
就只不過是用來成就，另一個人的餘生。

夜，約會過後，彥文送詩涵回家。

在地下鐵的車廂裡，兩人相對著，無言。

雖然這夜是第六次約會，雖然這是第一次，送她回家。

但跟平常不同，這夜詩涵的話，比平常變得少了。

而彥文也一改平時乘車會玩手機的習慣，就只是默默看著詩涵。

氣氛彷彿變得，比起平時還要更加曖昧。

然後，當列車就快駛到詩涵要下車的樂富站時，詩涵忽然開口：

「那麼……」

才只是說了兩個字，她又低下頭來，沒有再說下去。她的眉心微微皺著，像是一時之間找不到適合的措詞。

彥文一直默默看著她，沒有作聲，也沒有催逼。

過了好一會，詩涵輕輕吸一口氣，繼續說下去：「即是……怎樣？」

聽到這番話，彥文有點呆住。

過了一會，他有點吞吐的反問：「你……說呢？」

「我？」

詩涵抬起臉，目光與彥文對接上，然後就此定住。

定住。

這時列車的車速開始減慢，列車就快要到站了。

然後，終於，他微微笑了一下，伸出手，將她的手牽起。

她沒有掙開，也沒有說話，雖然一張臉已開始微紅。

「可以……做我的女朋友嗎？」

他輕聲問她。

她微微點頭。

那夜，在那一列快要停站的地鐵車廂裡，他們成為了一對男女朋友。

．　．　．

其實彥文從來沒有想過，要在那夜裡向詩涵表白。

又或者該說，會向她表白。

雖然，他是對詩涵有好感，最初他的確受到她的可愛樣子所吸引。

可是他原本也沒有太明確的計畫，想要與另一個人在一起。

他已經有好一段時間沒有跟別人談戀愛，早已經太習慣，一個人過的生活。

沒有人管束、囉嗦自己，他可以隨心所欲地交友、遊玩，再不用像以前般，要隨時向另一個人報到，也無須再應酬另一半的無聊朋友或家人。

只是這樣的生活過得久了，偶爾還是會覺得有一點悶，尤

其是在自己生日或重要節日的時候。

　　所以偶爾，他還是會把握與異性約會的機會，就當是為平淡的生活帶來一點調劑。

　　雖然他心裡明白，這樣的約會，往往都會變成露水情緣。自己追求短暫的快樂與溫柔，關係始終不會太長久，有時更會和對方不歡而散。

　　但是，總比一個人度過生日或情人節要好。

　　因此當他遇上了詩涵時，他就變得格外投入。

　　講電話、傳短訊、約晚飯、看電影，他重拾了以前約會時的溫馨感覺。

　　只是感覺良好，卻不等於他很喜歡詩涵。

　　他享受與她相處，但沒有太多衝動要和她認真地長遠發展。

　　即使他覺得，詩涵應該對他也有一定的好感，甚至喜歡……

　　如果真有天，她想認真與自己發展，自己到時該怎麼辦？

　　這個問題偶爾會在他的腦海裡冒起，但是他也一直都抱著迴避的心態，不想認真去思考，也不敢認真去面對。

　　但是隨著約會越多，兩人的感情越來越甜蜜、也越來越曖昧，他知道情況再如此發展下去，很快就會闖過那一條「要不要在一起」的界線。

　　其實，自己是應該早就要轉身離開的。只是不知為何，他心裡開始冒起不捨的感覺。

Never forget.
and you'll
never know.

所以，當詩涵這晚突然提出這個問題來的時候，他心裡不由得慌亂起來。

　　因為在他的價值觀而言，在一段感情關係裡，如果對方想確認當下的狀況、而自己卻總是採取迴避態度應對的話，那是一種不應該的行為。

　　雖然沒有朋友知道，他與詩涵在曖昧之中。而且，與別人曖昧，本來也不是犯法的事，反正不少人都愛好這種玩意，最多是被其他人認定自己不認真、自私、玩弄他人感情……

　　想是這樣想，但那一刻，他卻過不了自己心裡的那個關口。

　　於是在猶豫了好一會後，他只能嘗試開口回應詩涵：「你……說呢？」

　　雖然開了口，但既沒有內容又感覺模稜，說到底他還是在逃避。怎料詩涵反客為主，問他：「我？」

　　他怔怔的看著她。

　　你？

　　你什麼？

　　你想跟我在一起嗎？

　　我應該要跟你在一起嗎？

　　我喜歡你嗎？

　　我不喜歡你，但為什麼又會跟你上街？

　　為什麼又會想去親近你？

為什麼又會「還沒想」、「不想」、「沒想過」在一起？

我是怎樣想的？

只是想玩玩而已嗎？

若不是，那麼是想認真發展嗎？

可以再拖一陣子再算嗎？

但這樣子，詩涵之後會不會開始不理睬自己、不再與自己有任何來往？

這樣子，別人會否看不起自己、覺得自己不負責任？

責任……

想到這裡，他的手已經牽住了詩涵。

「可以……做我的女朋友嗎？」

雖然在同一時間，他的心裡也已經在後悔。

• • •

其實詩涵也沒有想過，彥文會在那時候向自己表白。

又或者該說，他向自己表白。

雖然，她是有些喜歡彥文，但是尚未喜歡到，想跟他在一起的程度。

只因為在她心裡，依然未忘記得了，以前曾經喜歡的那一個人。

記得那一晚，那一個人也是這樣子，在約會過後，乘地鐵送她回家。

在車程裡，那個人一直在跟別的女生講電話，笑得很歡暢。

而自己，就彷彿一個不認識的陌路人一樣，站在他的身邊，默默等他什麼時候才會講完那通電話。

當時她心裡暗恨，又有點心痛，不明白那個人為何會如此對待自己。

也不明白，自己為何偏偏對他執迷不悟。

然後當列車駛到樂富站時，那個人說自己會乘對頭車回去，不會送詩涵回家。

然後，就繼續講著那一通電話，頭也不回地離開了。

那晚以後，詩涵沒有再見過那個人。

之後，也再沒有人會這樣子，送她回家。

偶爾詩涵獨自乘地鐵回家時，都會忍不住想起，曾經和那個人相處的一些片段。

會想，不知道他現在正在幹著什麼呢？

會想，不知道他還會不會記得她，曾經待他這麼好的那個自己……

「下一站樂富、The next station is Lok Fu……」

車廂裡突然傳出這一段廣播，打斷了她的思緒。

她看看身邊的彥文，忽然想起，他會不會其實也是不想送

自己回家？

　　之前幾次見面，彥文都沒有這麼做過，也許這次，他也只是勉為其難而已？而且，約會了幾次，他也沒有明確表示過什麼，可能待會到站了，彥文也會像那個人一樣，在下車後就直接乘對面的列車離開？

　　想到這裡，詩涵只覺得心裡一陣苦，於是輕聲問：

　　「那麼……即是……怎樣？」

　　想不到，彥文竟然微笑反問：「你……說呢？」

　　「我？」

　　詩涵茫然地看著他。

　　只見他的一雙眼，也在凝看著自己。

　　同時間，心跳漸漸變得有些快了。

　　列車就快要到站。

　　臉頰也越來越燙。

　　「可以……做我的女朋友嗎？」

　　彥文輕輕牽起了她的手，竟然說出了這一句意想不到的話。

　　她的心裡感到一點激盪，只是同時間她也想起，如果那時候，那個人也會這麼牽住自己，如果那個人，也會這樣向自己表白，那該有多好？

　　想到這裡，她心裡輕輕地嘆息。

　　　　　• 　 • 　 •

　　兩年後，彥文與詩涵雙雙步入教堂。

　　在婚宴上，司儀在台上稱讚一對新人郎才女貌、真可說是
天作之合，然後司儀忽然問一對新人，當初他們是怎麼會在一
起的？

　　彥文情深款款看了詩涵一眼，然後兩人一同向司儀笑答：
「是命中註定的。」

　　台下隨即響起了熱烈的掌聲。大家看著他們這對天作之合，
臉上都展開了祝福的笑容。

Never forget,
and you'll
never know.

210

Never forget,
and you'll
never know.

Never forget,
and you'll
never know.

晚餐

陪你到最後的人，不一定最懂你，
但往往是待你最溫柔的人。

夜，嘉恆的手機收到了 Crystal 的短訊。

「這晚又要加班嗎？」

嘉恆看見了，卻又將手機放下，沒有回覆，繼續埋首於工作。

「你知道我們有多久沒有見面了？」

他一邊看著電腦螢幕，一邊想著這個問題，一時之間竟然不知道答案，因為他從來沒有算過。

「我知道你現在需要拚事業，想多賺點錢，但是也不能沒了生活」

生活，他不覺得現在的生活有什麼不好。只是，難得能夠找到一份自己喜歡的工作，他不想將來留有任何遺憾。

「不如找天一起吃個晚飯，好嗎？」

但是晚飯，嗯，這夜自己還沒吃過晚飯。現在已經快九點了，上一次進食，是下午兩點鐘在經過便利店時所買的燒牛肉三明治。

嘉恆呼了一口氣，拿起手機，離開辦公室，去了附近的一間餐廳用餐。

餐廳裡，都是在附近工作的上班族，下班了，就相約在這裡用餐歡聚，閒聊說笑，抒發一天的辛勞。

他一個人置身於這片喧鬧之中，再看看眼前自己的晚餐，賣相精緻，但像是欠缺了一點什麼。他輕輕嘆氣，拿出了手機，

看回剛才 Crystal 傳給自己的短訊。過了一會，他按鍵輸入：

「對不起，我剛剛在忙，所以沒有回覆」

不一會，Crystal 回應說：

「沒關係，知道你忙。你吃了晚飯沒有？」

「正在吃」

「又是 office 樓下那間餐廳嗎？　:)」

「你怎知道」

嘉恆的臉上泛起了笑容，然後 Crystal 這樣回覆：

「因為你每次都帶我去那間餐廳呀　:)」

每次，他回想起來，是的，和 Crystal 每次約會，用膳最多的餐廳，就是現在自己身處的這一間。

或許是他的個性問題，只要他覺得那間餐廳好吃，他就不會再隨便轉吃第二間餐廳。他最喜歡這裡的三文魚柳，肉汁濃郁、但肉質又不會過韌，每次來到，他都幾乎會點這一道菜。而每次 Crystal 都不會拂逆他的意思，都會特意來到這裡與他用餐，陪他吃這一道三文魚柳。

「那你猜到我在吃什麼嗎？」他輸入問。

「三文魚柳吧」

「你又記得」

「我怎會不記得你的事情」

過了一會，Crystal 又傳來另一個訊息：

「我猜你這次也是點了凍檸檬茶、奶油龍蝦湯，都是你喜歡吃的，是嗎？　:)」

嘉恆看著這個訊息，有點恍然。

和 Crystal 在一起的這兩年裡，平時兩人其實很少見面，用短訊聯繫的時候反而較多。

他們一個月大概只會見兩次面，也沒有一起去過旅行。嘉恆一直都對於 Crystal 沒有提出分手，感到有點奇怪。他不是不喜歡 Crystal，只是自問不是一個好男友，本來沒有資格去留住別人。但偏偏 Crystal 始終不離不棄，一直陪他走到現在，除了偶爾會在短訊裡抱怨一下，她還是會全心支持他去達成自己的理想。

嘉恆輕輕吸一口氣，輸入：

「對不起」

「為什麼對不起啊」

「我好像又把你冷落了」

「也不是一天兩天的事啦，還道歉什麼　:P」

過了一會，Crystal 又問：

「不如找天一起吃個晚飯，好嗎？」

「嗯，好呀，你想什麼時候？」

「明晚你有空嗎？」

「應該可以的」

「那麼，明晚七點，老地方？」

「好呀，我待會訂位」

「真好　:)　記得準時，不要遲到啊　:)」

「我不會遲到的」

「那好吧，快點吃完晚餐吧，別要讓三文魚的肉汁變冷，明晚我們再聊吧」

「嗯」

●　　●　　●

第二天晚上，嘉恆準時來到這間餐廳。

他跟接待處的職員說：「張先生，兩位。」

職員看了一下訂位資料，禮貌地回說：「張先生你好，你的朋友已經來了。」

嘉恆微微點頭，隨服務生走到餐廳角落的一張餐桌。

他走到 Crystal 面前，想跟她打招呼，怎知座位上的那一個人，不是 Crystal，而是嘉恆的媽媽。

「媽……你怎麼來了？」嘉恆問，心裡著實意外。

「是 Crystal 叫我來的。」媽媽微笑了一下，又說：「先坐下來吧。」

嘉恆有點不知所措地坐下，媽媽一直靜靜地看著他，過了一會，才說：「Crystal 說，這間餐廳的菜很不錯，一直推薦我

來，所以我就坐車來了。」

「那……她人呢？」

「她說有點事要做，今晚不能來了，所以請我來代替她。」

嘉恆呆了一下，忽然明白，這天晚上，Crystal 其實是有心約他與媽媽一起吃飯。

「你剛才坐什麼車來啊？」嘉恆忍不住問她。

「我坐巴士，滿方便的。」

但他知道，路痴的母親，要找到這間餐廳其實並不容易。

「想不到你公司附近，入夜了還有這麼多餐廳仍然營業，我剛才邊走邊看，看到那些餐廳似乎都很不錯，我就想如果你晚上加班，應該不會找不到飯吃。」

「嗯，但我通常都是來這一間。」

媽媽點點頭，說：「Crystal 也有告訴我。」

嘉恆向媽媽微微笑了一下，忽然想起，自己是已經有多久沒有跟媽媽聊天、閒話家常。每天，他都會工作到深夜才會回到家裡，通常媽媽都已經睡了；到早上醒來，他往往又是趕著出門，就算想跟她分享一點近況，往往也是無從說起。然後等到假期，自己不是在房裡睡覺，就是又回去公司對著電腦工作。到底自己已經有多久沒有好好跟母親聊天，沒有好好跟她吃一餐晚飯，嘉恆已經無從計算。

「媽，你有想吃的菜式嗎？」

嘉恆將菜單交給媽媽，她接過菜單，看了好一會，卻將菜單交回給他，微笑說：「我看不懂英文，這裡有三文魚柳嗎？」

嘉恆心裡一動，問：「你想吃三文魚柳？」

媽媽緩緩點頭，看著嘉恆，溫柔地笑說：「因為這是你最喜歡吃的菜呢。」

聽見了這一句話，嘉恆才終於想起，自己喜歡吃這裡的三文魚柳，不只是因為烹調得美味，也是因為，他小時候很喜歡媽媽所煮的三文魚柳。

是他最喜歡的人，為自己用心烹調而成，無法取代的一點回憶。

• • •

夜深，嘉恆帶著媽媽回到家裡，等她洗澡安睡好後，他拿出手機，打電話給 Crystal。

不一會，她就接聽了。

「還沒睡嗎？」他問。

「還沒，你呢？」她也問。

「還不想睡。」

「我也是呢。」

「那……不如一起吃糖水，去你喜歡的佳佳甜品……好

嗎？」

「現在？」

「嗯，現在，我來接你吧。」

「不用接我了。」她卻這樣說。

「為什麼？」他一呆。

「因為，我在你家樓下。」

嘉恆彷彿看見了，Crystal 說完這一句話後，臉上所泛起的得意微笑。

他匆匆拿起外衣，走到大廈門外，只見到她已站在對街，好整以暇地看著自己。他大踏步走向她，牽起她的手，忍不住問：

「你是什麼時候來的啊？」

「早就已經來了。」

「那……我們還要去吃糖水嗎？」

「你決定吧，去什麼地方，我都陪你。」

她笑了，一臉化不開的甜。

Never forget,
and you'll
never know.

20

守候

有些人可以很快放下，有些人會繼續等，
直到自己願意放棄為止。

每隔一段時間，我都會問肇軒，為什麼不向芊妤告白。

「她有男朋友啊，還可以怎麼告白？」

每一次，肇軒總是會這樣笑著回答，總是會附以一個，爽朗的微笑。

但不少相熟的朋友都知道，肇軒喜歡芊妤，而且已經喜歡很多很多年。

雖然他從來沒有對人坦承過自己的感情，但是大家都看得出來，肇軒是有多在乎芊妤。

就只有芊妤本人沒有看出來。

• • •

肇軒與芊妤是中學同學，同班了六年。六年來，他的座位剛巧就在她的左邊。

最初，肇軒以為芊妤是暗戀他的。那時候，肇軒很熱衷於打籃球，下課後經常會到球場去練球，或與不認識的鄰居比賽，因此他的球技比同年級的人都要好，在學校比賽時，往往吸引了很多女生的目光，球場旁、班門前，曾經有不少女生為了他而停下了腳步。

芊妤也是停下腳步的其中一位女生。

那時候，雖然肇軒與芊妤鄰座了三年，但平常兩人沒有太

多交談，就只有最基本的「早安」、「再見」。肇軒一直以為芊妤是一個不喜歡運動的內向女生，因此他最初在比賽時看到芊妤竟然在場邊駐足觀看，心裡除了有點意外，也不由得暗暗留起心來。

原來每次比賽，芊妤都會來到球場旁邊觀看，直到比賽完結才離開。每次，芊妤都是一個人，因此可以排除她是陪其他同學看球賽。

有一次，肇軒無意間在班裡聽到女生們的聊天，發現芊妤是不知道籃球的比賽規則，她還問別人為什麼投籃射中時，有時會得兩分、有時卻會得三分。

為什麼她會時常來看籃球比賽？偶爾肇軒也想直接問坐在身邊的她，只是當兩人的目光對上時，彼此都會立即別過去看其他地方，似有意也似無意，但他卻對這位鄰座同學，漸漸不由自主地越想越多。

然後到了三年級升四年級的暑假，不用再每天回校上課，肇軒的內心莫名地感到了一陣失落。

有大，他一個人在球場練球，不經意往球場外一看，看見一個像是芊妤的身影走過。

那刻不知為何，他好想確認是不是芊妤本人，於是他丟下了籃球，匆匆走出球場外，可是再見不到那個女生的身影；無論他再怎麼尋找，跑去很遠很遠的地方，他都找不到芊妤，都

找不到自己為何會這麼不理智的真正原因。

　　終於等到九月開學，肇軒大清早就回到學校，在球場裡一邊練習投球，一邊留神著場外的情況。回校的同學越來越多了，但芊妤一直沒有出現，因此讓肇軒射偏了不少球。

　　差不多到上課鈴聲要響起的時候，芊妤才一個人來到了球場旁邊。

　　肇軒第一眼就留意到，芊妤的頭髮比起暑假時變得更長了，也彷彿比以前更成熟亮眼了不少。

　　當下他好想立即丟下籃球，想走向這一位同班同學的身邊確認，是不是自己的錯覺，還有自己內心的感覺。

　　但下一秒鐘，他忽然發現，原來芊妤不是一個人來到球場旁邊，她的身後還有另一個人，她的手，是牽著那一個人……

　　是籃球隊的隊長王天立，時常為校內籃球比賽擔任裁判的王天立。

　　然後，終於，肇軒才明白，原來自己是喜歡了芊妤，並不可自拔。

●　　●　　●

　　芊妤與籃球隊長在一起，對肇軒帶來了相當的打擊。

　　不只一臉沒精打采，就連比賽投籃時，也時常失去了準頭。

最初我也有問過他，是不是遇到什麼煩惱。後來才明白，原來他是遇到了喜歡的人。

　　「那你會打算放棄嗎？」我問他。

　　但肇軒沒有作聲。

　　「那麼，你是要默默等他們分手嗎？」

　　「就算他們會分手，我和她根本就不熟。」

　　最後，肇軒只有這樣回答。

　　只是他和芊妤的關係，卻開始起了意想不到的變化。

　　過去，兩人在班上本來不會怎麼聊天，但因為肇軒本身是籃球隊的隊員，而芊妤也因為隊長的關係，經常會在球場出現，與球隊的人交往，因此兩個本來是鄰座的同班同學，會開始多了出現互相問好，甚至聊一兩句閒話的情況。

　　肇軒知道，芊妤是真的很喜歡隊長。每次有校外比賽，無論有多遠，她都一定會到場打氣支持。有一次隊長在比賽時跟對方搶球，不小心跌倒受傷，芊妤立即上前為隊長包紮治理，手法之純熟俐落，令隊內的所有人都感到意外，萬萬想不到一個外表這樣柔弱的女生，竟然會有如此冷靜的一面。

　　只是後來聽隊長說，芊妤是特意在課餘的時間，去學急救的課程。那次是她第一次為別人包紮傷口，後來比賽完結後，隊長和她一起回家時，她的手一直輕輕地顫抖，其實她不如大家所認為的那般堅強鎮定。

Never forget,
and you'll
never know.

聽見隊長如此分享，大家都紛紛對隊長擁有一位如此賢慧的女友表示羨慕，肇軒沒有作聲，就只是默默拿起了籃球繼續投籃。

　　後來有一次自修課，肇軒見芊妤在課本下，偷偷讀著一本成為籃球比賽裁判的入門書。他心裡輕輕嘆氣，微笑問：「你想成為比賽裁判嗎？」

　　芊妤呆了一下，然後笑笑搖頭，說：「我只是想更加認識籃球這種運動。」

　　過了一會，肇軒又問：「是因為隊長嗎？」

　　這次芊妤點了一下頭，回道：「以前也沒想過，自己有天會為了一個喜歡的人，而拿起一本自己沒有興趣的籃球書。」

　　肇軒笑道：「以前看你除了課本以外，就只會看愛情小說。」

　　芊妤臉上微微一紅，回嘴：「你不也是在偷偷看漫畫書。」

　　然後兩人沒有再說話。

　　又過了一會，肇軒淡淡地問：「那為什麼你會喜歡隊長呢？」

　　芊妤像是有點意外，看了一下肇軒，只見他像是沒事人一樣，對著課本假裝閱讀。

　　「想不到你這麼八卦啊？」

　　芊妤這樣取笑，讓肇軒哭笑不得。

「是啊我很八卦，我是家裡最八卦的男生。」

「真的想不到呢。」芊妤向他做了一個鬼臉，這是肇軒第一次看到她的鬼臉。過了一會，芊妤又說：「沒什麼原因啊。」

「什麼？」

「你問，我為什麼會喜歡他。」

「啊……」

「沒什麼原因啊，總之就是喜歡。」

肇軒沒有想過，芊妤會這樣直率地回答，不像一般女生般會顯得害羞，或是假裝害羞。

「你呢，你有喜歡的對象嗎？」

「我？」

「他跟我說，你很受低年級的學妹歡迎啊。」

然後肇軒看見芊妤的臉上，滿是頑皮嬌憨的笑意。

他心裡忍不住一蕩，也忍不住輕輕嘆息。

「沒有啊，我沒有喜歡的對象。」

「真的嗎？我不相信！」

「沒有啊，真的沒有。」

然後，在她的追問之下，他將目光繼續埋在課本之中。

自那天起，他們閒時都會這樣有一搭沒一搭地，聊起籃球、隊長、愛情這些話題。

也是從那天開始，肇軒心裡下了決定，不要讓芊妤發現自

Never forget,
and you'll
never know.

己真正喜歡的對象，其實就正坐在自己身邊。

• • •

一年後，隊長中學畢業升上大學，在迎新營認識了新的對象，立即決定跟還在讀中學的芋妤分手。

「一個月前，我們還說以後都要好好的，還約定了，明年暑假我們要一起去日本旅行……想不到，他竟然可以這麼快就變心，而我還是最後才被告知的一個。」

分手後的第二天晚上，芋妤約了肇軒到球場，想告訴他自己被分手的消息。卻想不到，肇軒反而比她更早知道，因為消息早已在同學間的訊息群組裡流傳開來。

「或許，他只是不知道如何面對你，才沒有對你立即坦白自己變心了？」

「他不是不知道怎麼面對我，他只是在忙著應對新的女朋友。」

芋妤帶點生氣地反駁，肇軒輕輕嘆了口氣，想伸手輕拍她的肩膀，但最後還是縮回了手。

「以前曾經聽人說過，進了大學之後，世界就會跟之前所認知的變得不一樣，有些想法、有些價值觀，甚至交友的準則，並不是還在讀中學、最相熟的朋友就是班裡的同學，還要緊張

會考的我們所能夠明白。我以前一直不相信這種說法，總覺得，一個人本身就是怎樣的個性，進了大學應該不會有太大改變才是……但這一個月來，我看著他一點一點地改變，對我的態度越來越敷衍冷淡，我才不得不承認，新的生活與環境，真的可以大幅度去改變一個人。」

「李芊妤，你真的覺得，我們將來升上大學之後，也會變成一個連自己也不認識的大人嗎？」

肇軒輕聲地問，芊妤沒有回應，只是眼角流下了一點淚水。

「或許，他不是突然變得陌生，而是在很久以前，你們已經不是走在同一條路上。」

「也就是說，他並不是真的喜歡我嗎？」芊妤無力地問。

「他不是對你這個人沒有認真，就只是他對你的喜歡，並不如他自己所想像的那麼重要。」

芊妤聽到後，輕輕苦笑了一下。過了一會，笑臉漸漸佈滿了淚痕。肇軒一直看著，卻不知道應該再說些什麼才好。

其實之前芊妤也跟肇軒分享過，心裡一直都有這種擔憂。

一直以來，在隊長面前，她都是一個沒有自信的小學妹。最初能夠和隊長在一起，她知道不是因為自己比其他女生還漂亮，而是自己的個性沒有其他女生那麼矯揉造作，而且性格比較獨立，不愛黏人，這些都符合隊長的個性。

只是芊妤也知道，自己這種條件的女生，在這個世界上還

Never forget,
and you'll
never know.

有很多很多。

　　她一直都努力地想要成為隊長最喜歡的人，只是有時無論你如何付出或投入，感情的世界就是容不下勉強。

　　你越努力想要靠近，就越會無情地感覺到，兩個人之間的距離還是那麼明顯，無法彌補。

　　她知道隊長就只是喜歡自己的細心、溫柔、尊敬與獨立，但這些並不等於，他真的喜歡自己，甚至是，他真的了解自己。

　　只是她還是會希望，能夠繼續去做他的女朋友，即使他將來會在大學認識別的人，會有更喜歡的對象。

　　只是她實在沒有想過，他會這麼快就變心。

　　「我真的很不甘心。」

　　芊妤的雙眼噙著淚水，艱難地說出這句話。

　　「是為了什麼……不甘心？」肇軒輕輕地問。

　　「不甘心，他這麼快可以拋下我……不甘心，經過這兩年時間，自己還是無法成為他最喜歡的人，竟然會輸給一個新認識的陌生人……」

　　「但是啊，李芊妤，」

　　「嗯？」

　　「就算你輸給了別人，你還是一個很不錯的好女生，你還是值得被另一個人珍惜愛護、對你好啊。」

　　「那為何，王天立偏偏沒有好好地珍惜我？」

肇軒聞言，不知道應該再如何回答。芊妤也沒有繼續追問，就只是繼續在他的身邊輕輕啜泣。

　　過去半年來，肇軒一直都細聽著芊妤的這些感情煩惱。

　　有時他也想安慰她，是她想得太多了，其實她也可以放鬆一點，未來不一定會隨著她的想像而發展。

　　肇軒自己本身也沒有太多戀愛經驗，因此他也知道，自己的安慰話語其實並沒有太多作用。

　　但縱使如此，芊妤還是會繼續向他分享自己的想法與煩惱。漸漸肇軒明白到，她需要的並不一定是一個完滿的戀愛解答，而是想要有一個人願意去細聽她的心事，陪她一起面對。

　　於是，只要她願意說，他都會撥出時間與精神，默默地作她的心事回收桶。

●　　●　　●

　　「為什麼你不趁虛而入啊？」

　　當我收到消息，知道芊妤跟隊長分手後，就立即致電問肇軒。

　　但肇軒就只是這樣回答：

　　「我們就只是朋友啊，趁虛而入什麼？」

　　「你想以朋友的身分，等到什麼時候啊？」我忍不住嘆氣。

肇軒沒有回答，就只是繼續將籃球，輕輕投進了籃框。

　　事實上，在芊妤跟隊長分手的六個月後，她就遇上了新的對象，然後跟一個校外的人在一起。

　　而肇軒，就只是繼續默默去作她的同班同學、心事回收桶、戀愛軍師、說無聊話的朋友。偶爾他們會聊通宵電話，會一直不間斷地在手機裡互傳訊息，會一起到咖啡店與圖書館溫習，會到學校附近的海岸去看日落與吃糖水。

　　但每次都是在芊妤難得有空的時候，而其他時間，肇軒則會留在籃球場上練球，或是到自修室去做會考試題。

　　中學畢業後，芊妤如願考上香港大學的英文系，而肇軒也考上了香港大學的工學系。

Never forget,
and you'll
never know.

　　雖然是不同科，但因為大家都是身在同一所大學，他們平常有空還是會約出來見面。

　　偶爾，芊妤會帶她的男朋友梓良一同出席。偶爾，肇軒也會帶他的女朋友一起四人行。

　　是的，肇軒升上大學後，也開始跟別人戀愛。

　　第一次的對象，據說還是芊妤鼓勵他主動告白的。

　　只是每一次戀愛，他都談得不太長久。芊妤總是批評，肇軒對愛情的態度不夠認真。有一段時間，她甚至懷疑肇軒是喜歡同性，所以才會對與女生談戀愛沒有興趣。

　　「陳肇軒，你這樣下去，我怕你會孤獨終老啊。」

「為什麼我會孤獨終老？」

「因為，」芊妤拿起一件藍色恤衫，放在肇軒身前比了一下，說：「你再不找一個女生好好照顧你，我怕你到老時就會後悔，年輕時自己沒有好好為愛情努力一下，弄得要自己一個人去到公園跟陌生人下棋，一個人到餐廳吃晚飯呢。」

「我覺得一個人也不錯啊。」肇軒豁達地笑了一下。

「真的嗎？」芊妤反問，一臉不信。

「真的。」然後肇軒拿起身旁衣櫥的一件淺灰色恤衫，對芊妤說：「我覺得這件適合你男朋友多一點。」

「真的嗎？」芊妤一臉猶豫。

「真的，你不相信我的眼光嗎？」肇軒微笑嘆息。

「好吧……既然你這樣說。」

然後芊妤拿起恤衫，向店員問有沒有尺碼，肇軒看著她漸漸遠去的背影，帶點落寞地繼續微笑。

畢業後，他們兩人都進了一間大公司工作，雖然是在不同部門，但因為公務上常要來往接觸，所以他們幾乎每天都會見面。

假期時兩人又會相約一起去爬山、打羽毛球，偶爾肇軒去參加籃球比賽，芊妤也一定會捧場，因此有不少人都曾經誤以為，芊妤就是肇軒的女朋友。

「你真的還不打算去追芊妤嗎？」

235

有一次比賽半場休息時，我看著坐在場邊的芊妤，忍不住去問肇軒。

　　「她現在有男朋友啊。」

　　「我也不覺得她真的喜歡現在的男朋友啊。」

　　我忍不住吐糟。

　　之前有一次，我曾經在街上碰見芊妤和她的男友梓良，到現在我還是清楚記得，當時兩人之間的貌合神離。

　　「或許吧。」肇軒輕輕聳肩。

　　「你想想，她對你應該也有一點好感吧，否則這些年來，她其實也不一定要你陪她，你打籃球，她也總是會特意走來捧場。」

　　聽到我這樣說，肇軒臉上像是有點動搖，但最後他還是搖了搖頭，回答：「這樣也不代表什麼啊。」

　　「難道你現在不是還喜歡著她嗎？」

　　「我同時還喜歡很多女生的。」肇軒裝作色瞇瞇地笑了一下。

　　「陳肇軒，你就對自己誠實一點吧，為了她，你努力地考進香港大學，畢業後，又特意應徵她工作的公司、去做一些你本身不太喜歡的工作，那是為了什麼？她中六時送給你的那個錢包，為什麼你現在還仍然使用著？」

　　中學畢業前的那個生日，芊妤送了一個錢包給他作生日禮

物，普通的設計、並不名貴，肇軒卻用了好多年，即使外皮都褪色磨損了、殘破不堪，但他還是捨不得換。

「我喜歡這錢包啊，不可以嗎？」他回道。

「可以，可以，你自己甘心就行。」我搖頭。

「你們在聊什麼啊？」這時候，芊妤剛好走過來，微笑問道。

肇軒尚未來得及開口，我就搶著說：「沒有啊，我們在聊肇軒的錢包。」

「他的錢包？」芊妤不明所以。

「你不用理他，他在亂說。」肇軒暗暗給我一個責怪的目光，但下一秒鐘，他的雙眼看著遠處一個地方，再沒有移開過。

我與芊妤不一會就發現了他的異樣，都順著他的目光看過去。

然後他們看到了，一個認識的人。

他們以前中學時籃球隊的隊長，王天立，此刻正在另一個球場上，與別的球隊進行比賽。

・　・　・

五年前，隊長在考進香港大學後，過了一年大學的生活，然後就隨家人移民去英國，在當地的大學繼續進修。

因此，就算芊妤如何努力地考上香港大學，她也不可能在大學裡，與隊長再碰面，甚至是，重新開始。

也因此，她心裡其實一直都仍然為隊長這一個人，留下了一個位置。在他離開以後的那些歲月裡，那點不甘心並沒有被放下，反而在她的心底埋下了無數未能釋懷的刺痛。

肇軒一直都看在眼裡，他一直都知道。

只是每次看見芊妤的笑臉，就算未能放下釋懷，她還是在新的路途上，找到了其他的快樂與幸福；肇軒還是會認為，只要如今的她能夠由衷地微笑著，只要她覺得如今所過著的就是她想要擁有的生活，那又何必要為了一個離開了的人，而刻意提起從前，又何必要讓那點過去的刺痛，再次埋沒了她的笑臉。

但想不到，隊長如今回來了這裡。

肇軒一直都擔心，芊妤看到了隊長，心裡會不會有任何不好的感受或想法。可是在球場那天，她就只是立即別過了臉，之後也沒有提起半句，彷彿已經忘記了這個人，彷彿這一個人，對她來說已經不再重要。

只是肇軒知道，並不是這樣的。

然後，在一個月後某個週末的深夜，肇軒接到了芊妤的來電。

「喂。」

「喂。」

「還沒睡嗎？」

肇軒輕輕吸了一口氣，說：「差不多要睡了，你呢，睡不著嗎？」

「嗯⋯⋯有些事情想不明白，想跟人分享自己的看法。」

「請說吧。」

「你不是要睡了嗎？」

「聽完你的煩惱才去睡，應該會有助入夢。」肇軒笑說。

「你這人真是⋯⋯」芊妤輕輕嘆了口氣，然後說：「我跟天立剛剛見面了。」

「嗯。」

「你好像不怎麼驚訝呢。」

「其實，你一直沒有放下他吧，因此有天你們會再見，我也不會覺得意外。」

芊妤沉默了一會，說：「你還真了解我。」

「因為這些年來，你一直都沒有太大改變呢。」

「都是這麼執著嗎？」

「都是這麼笨。」肇軒取笑。

「或許真的是我笨吧⋯⋯」

「你和隊長見面，是他主動來找你嗎？」

「其實也不算是⋯⋯兩星期前，他在臉書加我好友，我接受了，然後早幾天，他就傳訊息給我，聊起了近況。」

「他最近好嗎？」

「他，應該都好吧。兩個月前，他回來這裡的銀行工作，好像還成為了地區主管。」

「嗯，那他找你是有什麼事嗎？」

「他說想敘舊，於是約我出去吃晚飯。但當我在餐廳第一眼看到他的時候，我就知道，並不是那樣的一回事。」

「唔……」

「怎麼了？」

「你自己呢，你自己有沒有預期，和他再見面之後，會不會有什麼事情發生？」

「我不知道……你知道吧，我始終都放不下這一個人。」

「我知道，只是，你後來也有新的戀情了，不是嗎？」

「是的……但他說，他這些年來，也一直忘不了我……」

「你相信他這些話嗎？」肇軒心裡嘆氣。

過了一會，芊妤輕輕地說：「我不知道。」

肇軒對著手機，故意再嘆了一口氣，然後說：「他現在有女朋友，你知道嗎？」

芊妤呆了一下，反問：「你怎麼知道的？」

「你應該也知道了吧。」

「他沒有告訴我，但……他臉書裡有他女朋友的照片。」

「嗯，既然他還有女朋友，他對你又有多認真呢？他瞞著

女朋友，重新與你聯絡，對你說想念你……而你呢，你也是瞞
著你的男朋友，去與他再聯繫。你不覺得跟你們的情況都有一
點像嗎？你們都說，對以前還沒有放下，但是你放不下的，到
底是以前曾經失去這一個人，還是你真的很想跟這一個人，再
重新在一起？」

　　「其實……我沒有想那麼多。或許真的如你所說，我放不
下的，只是自己曾經被他拋棄吧，我很想透過再重新與這個人
交往，去問一個明白，那時候他為什麼要離開我。」

　　「那你終於跟他見面了，你有問到那一個答案嗎？」

　　芊妤苦笑一下，說：「到真的見面時，我發現，自己竟然
沒有勇氣去問。」

　　「是怕他不會告訴你嗎？」

　　「我是不想讓他看穿，我還對他這個人認真。」芊妤呼了
一口氣，又說：「我們一起吃晚飯，聊的都是不著邊際的近況。
他一直都微笑著，跟以前比較，多了一分成熟的風度，但我感
覺得出來，這分風度是一種表面，是一種經歷，他知道自己可
以如何讓人感到安心，知道如何讓一些不應該的曖昧，包裝成
一種不可讓人拒絕的溫柔……晚飯後，我說我要回家了，他說
他有駕車，想要送我回家。但是我看著他的臉，心裡忽然覺得，
再這樣下去，可能我們可以變得更親近，我可以在他那裡，得
到一點曾經失去的溫柔與快樂，我可以繼續尋找機會去探問，

或是等他哪天自己會主動對我說出口，以前他為什麼可以這麼快拋棄我的真正原因……但那又是不是我真正想要的情況呢？我是不是真的很想跟這個人，再重新有交集呢……最後我婉拒了他的好意，自己一個人漫步回家，然後回到家裡，就打電話給你了。」

「你在我這裡也是尋找不到答案的啊。」肇軒取笑。

「我知道啊，但是我想聽聽你的意見。」

肇軒抬起了臉，輕輕吸了口氣，然後說：「其實也許，隊長自己從來也沒有去想過，為什麼那時候會就這樣拋棄你，你想要知道他當時的答案，但過了這麼多年，他自己可能也已經說不清楚。」

「是的。」芊妤輕輕地說。

「而你其實也知道，他再重新找你，只不過是一次試探，想知道自己可不可以跟你再續前緣。」

「是的。」

「但我們都知道，他現在有女朋友。或許他真的對你有一點留戀，又或者他只不過是想跟你發展肉體上的關係。而你呢，你是想要這樣的發展嗎？以前的你，就只想成為他心坎裡一個認真重視的另一半，就算明知道他不是最喜歡自己，但還是盡你的努力去待他更好，希望會得到他的尊敬與忠誠。可是他最後還是背叛了你、狠心離你而去。而來到這天，他其實沒有太

大的改變，他會對你很溫柔，但你不會是他心裡獨一無二的那一個人。而更重要的是，你真的捨得為了這一個過去的幻象，而放棄你現在的另一半嗎？」

「你覺得，我不會嗎？」

「你自己不是早知道答案了嗎？」肇軒微微苦笑。

「其實……」

「嗯？」

「這晚，我心裡一直都覺得很對不起梓良。」芊妤這樣說，然後肇軒聽見手機裡傳來輕輕的啜泣聲。又過了好一會，芊妤續說：「其實一直以來，我都感覺得到，很多人都覺得我跟梓良並不相襯，覺得我配不上他；有時我自己也會想，是不是因為我始終放不下天立，是我這一個女朋友不夠好，才會讓別人有這一種感覺。所以我會一直都好想找到答案，會好想知道，自己是不是真的仍然放不下天立，是不是就沒有資格，去全心全意地做梓良的另一半……」

「但其實，你心裡一直最在乎的人，早就已經在你的身邊了，是嗎？」

「之前本來還有點不確定，但是和你談過之後，我現在終於可以分辨清楚，誰才是我最值得珍惜留住的人。」

「嗯。」

「謝謝你啊。」

Never forget,
and you'll
never know.

「為什麼要謝我？」肇軒笑。

「如果沒有你這麼了解我，如果沒有你這些年來一直的陪伴、聽我一直以來的煩惱，可能我真的會分不清楚自己想要什麼……可能我會忍不住，與天立又再重新糾纏在一起……」

「原來我是你心裡面的明鏡啊？」

「什麼明鏡啊，這麼老套，你是我的盲公竹！」

「……盲公竹不是更老套嗎？」

最後兩人在手機裡互相取笑，戲謔一番，芊妤說要去洗澡而終止了通話。

肇軒放下手機，走到窗前，這晚的月色很明亮，城市的燈火依舊璀璨。他輕輕呼氣，讓自己微微笑了一下，然後一直在窗前站著，直到天空終於亮起了第一抹曙光。

• • •

「陳肇軒，陳肇軒。」

「怎麼了？」

「為什麼其他人都走了，你還在這裡練三分球？」

那天黃昏，芊妤從學校圖書館離開，經過球場時，見到肇軒一個人在練習投球。

芊妤坐在場邊看了十五分鐘，最後她忍不住這樣問肇軒。

但是肇軒沒有回答，就只是繼續走到籃框下撿起籃球，再走到三分線外瞄準籃框練習。

　　芊妤也沒有再問，就只是靜靜地繼續觀看。

　　後來，天色差不多要完全黑了，肇軒拿著籃球走到芊妤身旁，揹起了自己的背包，對她說：「我送你回家吧。」

　　芊妤看著肇軒點了點頭，然後兩人離開了校園，街上的回家人潮還不太多，他們都沒有說話，就只是靜靜感受秋風送來的清涼。

　　「最後一年了。」

　　忽然，芊妤開口說。

　　「嗯。」

　　「我打算考香港大學，你呢？」

　　「我還沒決定。」

　　「沒有心儀想讀的科系嗎？」芊妤看著肇軒笑問。

　　「也不是沒有，只是想要再考慮清楚。」肇軒抬起了臉，看著月亮下的金星說。

　　芊妤也仰著臉，看著金星，過了一會她輕輕說：「畢業之後，我們可能就不會再見面了吧。」

　　「可能吧。」

　　肇軒這樣回道，芊妤沒有再說話，於是他低下頭來，看見芊妤眼裡努力想掩藏的失落。

245

Never forget,
and you'll
never know.

「但……」

「嗯？」

「如果你想見的話，我都一定會陪你的。」

「真的嗎？」

「嗯。」

然後肇軒感覺到，自己的右手手臂，被芊妤輕輕地挽著。

「謝謝你。」

「沒什麼好謝的啊。」

但是芊妤卻搖了搖頭，然後又仰起了臉，凝看著肇軒。

曾經，肇軒在她的眼裡，看到過這種目光。

那時候，隊長還沒有升上大學，那時候，他們還沒有分手，那時候，在球隊練習完後，隊長也是走過這條街道，送芊妤回家。

肇軒永遠都忘不了，芊妤看著隊長時，那一種充滿柔情的目光。

他始終都忘不了。

就算此刻她用著這一種目光，看著自己。

但他知道，她眼裡真正看著的人，並不是他。

再靠近，再同步，但是心裡最喜歡的，始終會是另一個人。

●　　●　　●

一年後，芊妤與梓良決定步進教堂。

芊妤請肇軒去做她的「姊妹」，肇軒一口答應。婚禮當天，他身在一眾女姊妹當中，吵嚷玩鬧、喧賓奪主，吸引了現場不少女性的目光，猶如中學時在球場射入三分球那樣的神采飛揚。

最後，直到主角們差不多要行禮，他才稍微收斂，站在一旁準備幫忙撒花。

我一直看在眼裡，走到肇軒身旁，說：「辛苦了。」

「不，不辛苦。」肇軒爽朗地笑道。

「是因為終於等到了嗎？」我又問，這時芊妤開始步進教堂，所有賓客都站起身來迎接。

肇軒沒有回應，直到芊妤經過他的身旁，看著他，對他微微吐了一下舌頭，然後繼續往梓良的方向走去。他才輕輕回答：「你以為這樣就會等完嗎？」

我沒有再問更多，只是輕輕嘆一口氣。

據說，所謂等待，其實是讓自己學會放棄的一個過程。

有些人可以很快放棄，有些人會繼續等，等到自己願意放棄為止。

Never forget,
and you'll
never know.

Never forget,
and you'll
never know.

後記

後來我們的話越來越少。
不會忘記的事，漸漸越來越多。

很久不見了。

你還記得嗎，上次我們見面的時候，你最後對我說，不想再這樣下去了，你好想為自己勇敢一次，好想不要再為那些不對的人與事，懲罰自己，質疑自己……後來我回到家裡，一直默想著你這一番話，好想做點什麼為你打氣，好想你可以盡快走出那一個灰暗無助的深淵。

然後那天開始，我們就沒有再見過對方。從你的臉書、從朋友的口中得知，後來你換了工作，也換了另一個身分，你的笑容漸漸回復昔日的自信，你的身邊有著可以信任與值得學習的友伴，你的生活比以前變得更積極熱鬧精采⋯⋯你復原過來了，輕鬆灑脫地，即使我知道這背後其實並不容易，但還是會為你可以揭開新的一頁而感到慶幸。

　　之後有一段時間，我沒有再看到你臉書上的更新。最初以為，大概你是在沉迷著新的興趣，還是你忙著和不同的朋友見面？又也許，你正在準備著另一趟出國遠行的計畫，又可能，你終於找到一個可以倚靠的人，一起思考著屬於你們的未來⋯⋯然後我總是會忍不住搖頭，取笑自己想得太多。只是偶爾路過那一個你曾經停留的十字路口，看到那一些你應該會感到共鳴的照片，想起你曾經為了完成一個很難實現的理想，你默默苦等守候堅持，那時我還問你，如果最後得到的痛苦比快樂多，為甚麼不乾脆一點放棄，何必再折騰自己⋯⋯但當時你只是不說話，眼神裡的倔強與執著，卻讓我始終都無法忘記。

　　你真的已經放下了嗎，你真的可以往前走了嗎，偶爾會很想問你答案，但最後我們還是只會在短訊裡笑著問好。直到有一個晚上，我在街上等候巴士回家，看見你一個人走過。你的

Never forget,
and you'll
never know.

臉上，沒有在手機螢幕裡有著的自信微笑，你的目光是淡然的，但是我卻感受到一種無法解釋的沉重，彷彿在看著某些不可以重來的過去，你甚至沒有發現就在身旁注視著你的我。我忍不住悄悄跟在你的身後，你的步伐是緩慢的，走過了好幾條擁擠的街道，也試過在交通燈變綠後，卻依然停在原地，過了好一會才想起要繼續前行，我才發現你可能並沒有一個想要前往的目的地。我看著你的背影，不斷在想，自己是不是應該要叫住你，只是我卻始終不敢肯定，你是否想讓我看見這一個沒有掩飾的你。最後你走到一個很遠的車站，乘上一輛剛好到站的巴士。在巴士遠去後，我用手機傳你短訊，笑問你最近好嗎，可是你沒有回覆，之後第二天都沒有回覆。

　　或許我應該在那個街上，好好抱住你。或許在你一直展現著笑臉的那些晚上，我應該要更主動地去問候你。或許……其實我們就算可以再面對面、再一起相擁，有些事情也是已經跟以前不再一樣了。來到這天，有些說話已經不可以再說，有些人也是不可能再見，但歲月還是會繼續推動我們向前行，會鼓勵我們要好好的活著，要好好的善待自己……即使那些令人心痛的人和事，我們從來都沒有忘記過，他們會永遠活在我們心裡，繼續累積下去，陪我們一起繼續成長，也會成為我們餘生裡難以釋懷的澀。然後偶爾，或會讓我們感到無力、沉重，偶

爾會讓我們以為，不應該笑著向前行，不可以就這樣放下那些，其實我們根本不可能會忘記的刺痛與快樂。

　　這一年來，真的辛苦你了。也謝謝你，最後都沒有放棄。很想和你早一點再見面，即使這個願望暫時未可實現，但我好想告訴你知道，你不是只有自己一個人，大家都一樣正在面對著，各種想忘記與不想忘記之間的困惑不安，也在奢想著是否會有一個人真的可以放過自己、願意一直陪伴這一個不完美的自己。也許這天，就只有我們自己一個人，面對這無盡的暗夜長空，但請記得，我們都活在同一片天空之下，一同守候一同堅持一同相信，總有一天會放晴，總有一天我們會終於尋回，那張被遺忘了的笑臉，還有最率真自然的那一個自己。

　　加油。

Never forget,
and you'll
never know.

2021.1
寫於香港

就算
從未忘記

MIDDLE 作品 07

就算從未忘記/Middle著. -- 初版. --
臺北市:春天出版國際文化有限公司, 2021.02
　面；　公分. -- (Middle作品；7)
ISBN 978-957-741-321-5(平裝)

857.7　　　　109021588

作　　　　者　Middle
總　編　輯　莊宜勳
主　　編　鍾靈
封 面 設 計　克里斯
排　　版　三石設計

出　版　者　春天出版國際文化有限公司
地　　址　台北市大安區忠孝東路四段303號4樓之1
電　　話　02-7733-4070
傳　　真　02-7733-4069
E － m a i l　story@bookspring.com.tw
網　　址　http://www.bookspring.com.tw
部　落　格　http://blog.pixnet.net/bookspring
郵 政 帳 號　19705538
戶　　名　春天出版國際文化有限公司
出 版 日 期　二○二一年二月初版

定　　價　320元

總　經　銷　楨德圖書事業有限公司
地　　址　新北市新店區中興路二段196號8樓
電　　話　02-8919-3186
傳　　真　02-8914-5524

Never

forget,

and

you'll

never

know.